集英社オレンジ文庫

香さんは勝ちたくない

京都鴨川東高校将棋部の噂

杉元晶子

本書は書き下ろしです。

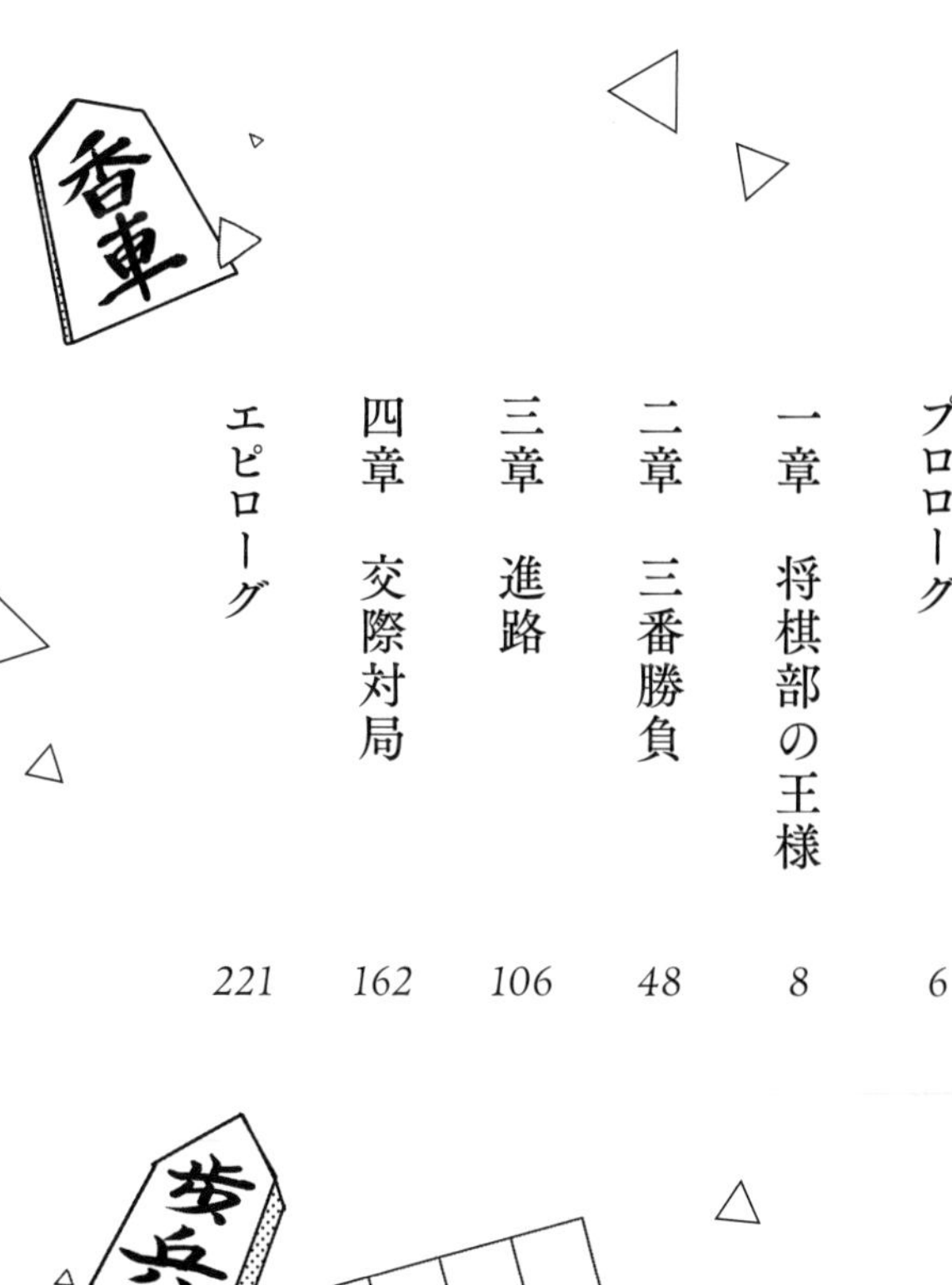
香車

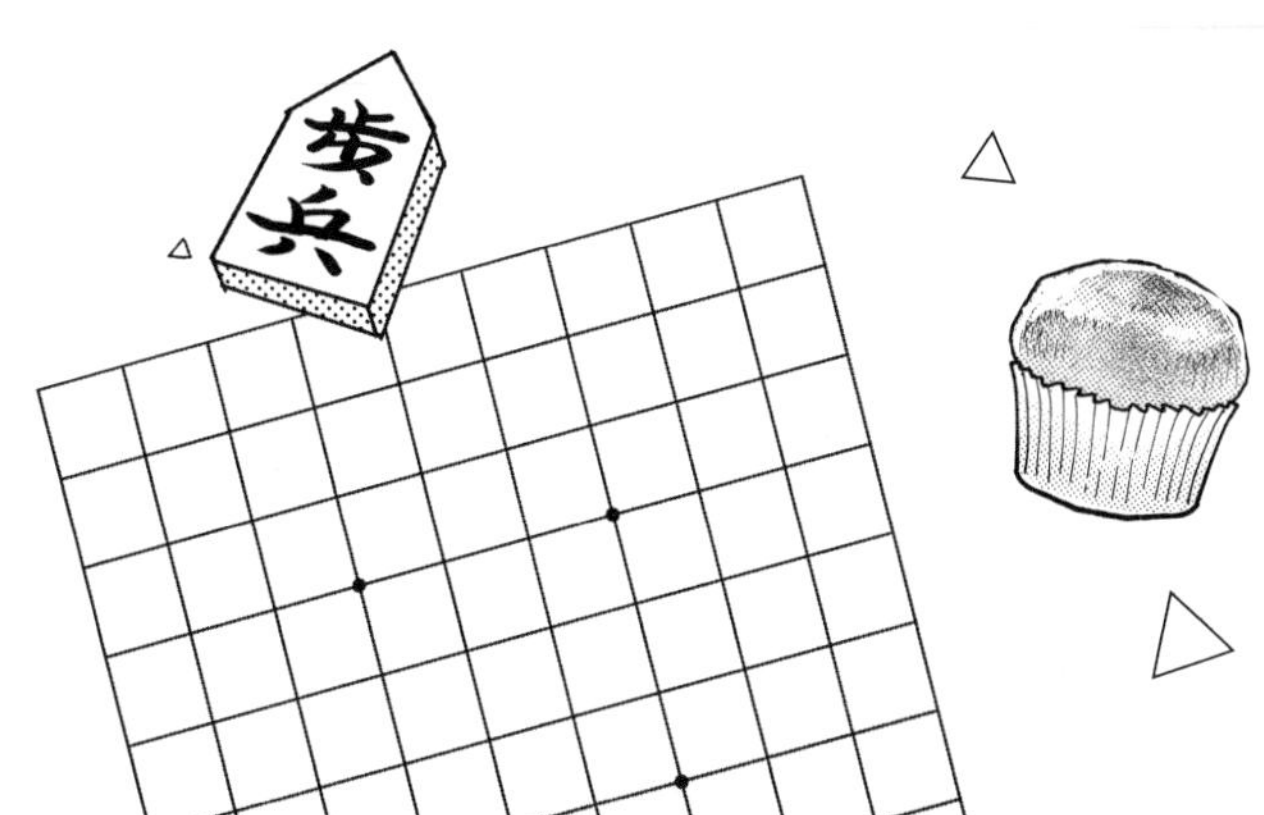

イラスト／香魚子

香(かおる)さんは勝ちたくない

杉元晶子

プロローグ

緑色の羽根の古い扇風機がカタカタと鳴る。八月の暑い盛りにエアコンが壊れてしまい、老店主が営む喫茶店では三台の扇風機がぬるい空気をかきまぜている。

ランチタイムを過ぎた店内に客は二人きり。小学生二人がテーブル席で将棋の勝負中だ。子どもの遊びにしては二人とも真剣な面持ち。手入れの行き届いた木目調の卓上将棋盤は本格的だ。

小柄な少年の直は、長身の少女の香をちらりと見る。

小学五年生の直より一つ年上で、将棋の師匠である彼女はいつもクールだけれど、今日は顔がほんのり赤い。ポニーテールに髪を結んでいても暑いんだろう。

入店時に店主からサービスでもらったうちわで直が香をあおぐと、彼女は将棋盤へと目を落としたまま、淡々と言った。

「余裕あるね。将棋より私を気にするなんて」

慌てて直はうちわを置いて、将棋盤を見つめる。余裕なんてない。というか、負けがほぼ決まっている。逆転勝ちなんて無理だと思う。

負けを自ら認めることを『投了』と言う。軽いおじぎですませず、悔しくてもちゃんと言葉にすることを直は香から教わった。

「負け……」

ました、と直が続ける前に「ダメ」と香が割りこむ。

「諦めるのが早い」

「でも」

「最後まで悩みぬいて苦しんで」

その口ぶりは挑発的で楽しげだ。意地悪だと直は思う。直は両膝の上に両手を置いて頭をフル回転させる。「諦めるのが早い」と香が言ったからには活路があるはずだ。直の額に玉のような汗がにじむ。

扇風機のカタカタ音が近くなった。香が扇風機を近くまで持ってきたのだ。風が直の短い髪を撫でた。こういうところがずるいと直は思う。香は将棋では厳しいけれど優しい。むしろ厳しい指導は直の伸びしろに期待しているからだ。

勝ちたい。

香こそが直の勝利を一番望んでいるだろうから。

将棋部の王様

だまされた。

放課後の調理室で拍手しながら、直は心とは裏腹の笑顔を浮かべる。

桜の花が散り、葉桜が美しい四月中旬。

京都市立鴨川東高校は、繁華街である四条界隈に近くて交通の便がいいため、塾通いや放課後の寄り道にちょうどいい立地。偏差値は高すぎず低すぎず。活動日が少ない緩めの部活が多く、調理部も週一だけ。

新入部員も参加した調理部の初めての活動日。見学時には「男子部員もいるよ」と柊部長に言われたけれど、今日集まった八人の部員のなかで男は直だけ。ほかは欠席かと思って尋ねたら「籍だけある人が何人かいる。バレンタインデーには来るよ」と言ってのけた。ふくよかで穏やかそうな見た目であくどい。三年生四人、二年生一人だから部員集めに焦っていたのかもしれないが、心構えはさせてほしかった。

　百六十センチの直は身長だけはほかの生徒となじんでいた。生まれつき茶色い地毛を短く切りそろえ、くりっとした瞳の童顔。似ていると言われる動物はチワワと豆しば。大きめに作ったブレザーが体をより小さく見せていないといいのだけど。

　マイク代わりのおたまが回ってきて直は受けとった。汗っかきの人がいたのか、持ち手がじんわりとしめっている。その緊張が移ってくる。

　七人の目がこっちを向いた。もちろん料理に性別は関係ないが、彼女らの戸惑いと好奇心は隠せない。

「鈴木直です」

　裏返りそうになった声を低く落とす。

「初めて作ったカレーを両親に褒められてから料理が好きです。小中と調理部でした。皮をむくとか千切りとかすりおろしとか単純作業は任せてください。甘いのも辛いのもがっつり系も何でも好きです」

　かまずに言えた。ほっとした直に柊部長が「ずっと調理部？」と首をかしげた。前髪を編みこんだボブ丈の毛先が揺れる。

「ほかのことには興味なかったの？」

「部活じゃないですけど、しいて言うなら将棋を一年ほど」

「将棋！」

と、反応したのは寺内副部長。ブレザーの制服は性別問わず赤ネクタイ着用だが、シャツの第一ボタンを開けたノータイだ。だらしない印象にならないのはキリッとしたショートカットが似合うから。細身で背が高く、バスケ部やバレー部にいそうだ。

「懐かしいな。将棋の試合は『対局』って言うんだっけ？　プロはその最中におやつを食べるでしょ？　将棋部から材料費をもらっておやつの差し入れしてた」

「今はしてないんですか？」

「将棋部に王様が現れたから近寄りづらくて」

そう言って肩をすくめる。将棋部の王様？　直はある人の顔がよぎった。でもその人は女性だから呼ばれるならば「女王」だ。念のために訊いた。

「王様ってどんな人です？」

「去年、女子個人で全国優勝した人。将棋部は万年予選落ちだったから、予選突破さえ初めてだったわが校始まって以来の快挙で、学校に取材が来たぐらいすごかった」

まるで自分のことのように胸を張る。自己紹介のときは無愛想に「三年。寺内。一応副部長」としか言わなかったのに。自分の話よりゴシップのほうが好きなようだ。

「将棋の『王将』が由来で王様。三年生もいるなか、二年生で将棋部部長の東香さん。子どものころから強かったらしいけど、知らない？」

うっかりうなずきそうになったのを直は我慢する。対局したことがある、と言ったら質問責めにあいそうだ。

勝った？　負けた？　どんな人だった？　強かった？　どんなふうにすごいの？　ほかの人とはやっぱり違うの？

「……将棋をやっていたのは小学生のときだから覚えてないです」

途中までは本当だが最後は嘘である。将棋部の王様で思いうかべた相手だ。

香とは中学校も同じだった。そして彼女は中学生大会でも優勝していた。全校生徒の前で表彰されていたので忘れようがない。

寺内副部長はとまらない。

「いろいろ有名な人だよ。交際対局とか」

「交際対局？」

きょとんとして直が訊きかえす。

三年生と二年生は聞きあきたように苦笑いしたが、直を含めて一年生は知らない。寺内副部長が身を乗りだして続ける。

「東さんは入学当初、将棋の成績より顔で注目された。黒髪ロング正統派美少女。今でこそ百七十センチ近い高身長で美しさにすごみがあるけど、入学時はもう少し小柄で儚げな印象だった。将棋部まで乗りこんできた男に『弱い人とは付きあわない』と言ったらしい。そしたら将棋部に毎日行列ができた。将棋で勝ったら付きあえると思ったんだろうね。予約制にまでなったほど挑戦する人が多い。百戦百勝ぐらいしてるって噂」

交際対局とはつまり、交際を賭けた対局という意味らしい。そのまんまの名前だ。

寺内副部長はまだまだ話したそうだったが、柊部長が割りこんだ。

「調理部の活動日は毎週月曜日。祝日やテストとかでずれることもあるけど、基本的に奇数週に実習内容を決めて、偶数週に調理実習。来週が実習日でカップケーキを作る。出欠連絡は必須で。これからよろしくお願いしまーす」

お願いします、と小さな声がパラパラと上がる。直も遅れて「お願いします」と言った。

男一人って心細い。先行きが不安だ。

うながされるまま調理部員たちと連絡先を交換したあと調理室を出ると、「鈴木くん」と柊部長が駆けよってきて心配そうに尋ねる。

「男子がいないことで怒ってる？　退部しないよね？」

さきほどは開きなおった口ぶりだったから面食らった。

「鈴木くんって隠しごとがすごくへた。ごめんね。ひきつった笑顔見たら後悔した。それに本当は東さんと知りあいでしょ？　ほら、目が泳いだ」

　マネするように柊部長は眼球を大きく左右に動かす。嘘を見破られるのは直のちょっとしたコンプレックスだ。目が大きいせいか、動揺が顔に出やすいらしい。

「有名人と知りあいだと気を使うよね。ただ誤解してほしくないんだけど、副部長は一年生がへんな噂を聞く前に話しておきたかったんだよ」

「へんな噂？　交際対局以上のへんな話があるんですか？」

「さっきは『弱い人とは付きあわない』と言ったけど、……『勝てたらなんでもしてあげる』という、負けた腹いせなのか、気持ち悪いバージョンさえ一部で言われてる」

　口にするのも嫌そうに柊部長は顔をしかめる。

　たしかにニュアンスがだいぶ違う。挑戦者が行列をつくる理由がわかった気がした。美貌の恋人が欲しい人は、信ぴょう性のない噂ですら信じてしまうのかもしれない。

　直が知っている香は媚びるような発言はしない。

「そういう噂はなくせませんか？　せめて気持ち悪いほうだけでも」

　つい気になって直が訊くと、柊部長は困ったように「うーん」とつぶやく。

「難しいと思うよ。噂話をおもしろがる人は事実に興味ないだろうから。東さんが挑戦を受けなくなったら状況はまた変わるかもしれないけど」

「そもそもどうして勝負を受けるんですかね？　わざわざ予約制にしなくても、対局自体を断ればいいじゃないですか」

「将棋部の知りあいからは、将棋の研究のためだと聞いたよ。いろんな人と戦うことで強くなる。王様というより戦士みたいだね。だから彼女は誰の挑戦でも受ける」

「じゃあ言われっぱなしですか……」

なんだかもどかしい。

「噂を完全になくすことは難しくても、それ以上広めないことはできるよ。うさんくさい噂を聞いたとき、やめるよう言うとか、さりげなく話題を変えるとか、愛想笑いをしないとか。……でも鈴木くんはそういう対処をする機会はあまりないと思う」

「なぜです？」

「東さんの噂をなくしたいと思える人だから。ゲスな話を広めたい人はたぶん、鈴木くんみたいなタイプを話し相手に選ばない。あ、誤解しないで。褒めてるんだよ？　……そんな鈴木くんだからこそ、退部してほしくないな」

「でも僕がいると、ほかの部員さんがやりづらくないですか？」

自己紹介したときの女子部員たちの視線を直は思いだす。

「そこは気にしないで。籍だけとはいえ、男子部員はすでにいるから。その人たちが部活に顔を出す機会はあるだろうし」

　柊部長がきっぱりと言うから直はほっとした。

「そう言ってもらえるならやめないです」

「よかった。ちなみに将棋部の活動場所は一階下。廊下奥の作法室だから」

　また来週、と柊部長は笑顔で手を振った。ふっくらした頬で笑うと赤ちゃんのようで、つられて直も笑顔になる。

　作法室にはオリエンテーションのときに案内された。直はまだ授業を受けていないが、作法を学ぶところらしい。国際社会で自国の伝統や歴史を知るのが大事とかなんとか。四十畳ほどの和室で将棋部っぽい部屋である。

　直は柊部長とわかれたあと、作法室から一番遠い階段を選んで下りる。

　実のところ、香は直が将棋を始めたきっかけだ。

　直が通っていた小学校の登下校ルートに将棋喫茶胡桃があった。将棋教室や将棋道場とは違い、飲食の提供もあるため、気軽に将棋を楽しめる。とはいえ、将棋に興味ない小学生からすれば、喫茶店自体が縁遠いし、しかも子どもたちから「鬼胡桃」と呼ばれていた店だ。

　鬼胡桃の由来は、怪力で子ども嫌いのおじいさんが殻つきの胡桃を子どもに投げつけるという噂から。そのせいで立て看板の胡桃のイラストには二本のツノが黒ペンで描きたされている。消しても落書きされるので諦めたようだ。

低学年のころは直もその噂を少し信じていたが、五年生にもなれば、そんな暴力的なおじいさんがいれば問題になっていることはわかる。

いつだったか、クラスのお調子者たちが「ドア開けた！」「三秒入った」「じじいが怒鳴った」なんて自慢げに言っていた。直はそういったことには参加しないが、彼らの話には興味があった。どの席にも薄くて四角い板があるそうだ。

当時の直にとって将棋とはテレビで観た対局だ。スーツや着物のおじさんが小さなテーブルみたいな台を挟んで座り、難しい顔をしてやる勝負。

小学校の調理クラブでは「鬼胡桃のケーキがおいしいらしい」と聞いた。でも誰も店に行こうとはしなかった。幼いころにこわい場所だと教わったせいか、なんとなく避けている。おばけはいないとわかっていても、心霊スポットを避けてしまうみたいに。

チョコレート色の扉の向こうに広がる世界を想像するだけで満足だった。直は運動も勉強も平均点。少し変わったところがあるとすれば京都御苑近くで親子二代続くうどん店の息子だが、クラスには創業百年以上の店の子どももいた。

梅雨入りしたある日の放課後、ランドセルを背負った少女がチョコレート色の扉を開けて入っていったのを直は見かけた。

子どもが入ってもいい店なんだ？

そう思ったら、心のハードルが下がった。ポニーテールの少女は後ろ姿だったが、たぶん知らない子。直と同じ五年生か、六年生だろう。クラスで一番背の低い直は三年生と間違えられるので、背の高い年下かもしれない。

今にも雨が降りだしそうな夕方。傘はない。急いで帰れば濡れずにすみそうだが、直の足は店に向かう。古いビルの一階、道路から店内の様子はうかがえず、一見さんを拒絶するような入りにくい店だ。

押した扉が重く感じたのは、実際に重かったせいか緊張か。

入ってすぐのカウンターにいた、白髪で眼光が鋭い長身のおじいさんが直を睨む。背後の食器棚には殻つきの胡桃が入った瓶。

直はきょろきょろと店内を見まわすが、おじさんかおじいさんばかり。少女はいない。テーブル席と座敷があるのは喫茶店というより定食屋のようだ。

「今日は滞在時間でも競ってるのか？」

眼光の鋭いおじいさんが不機嫌な低い声で言う。この人が胡桃を投げると噂される店主だろう。たしかにこわい。直は敵意がないことをしめすために訊いた。

「……ここってなんのお店ですか？」

声変わり前の震えたソプラノにお客さんたちが笑いだす。出入り口に近い席にいた太鼓腹のおじさんが言った。

「将棋を知らない？　名前だけは知ってるか。自分の駒を使って相手の王様を取るゲーム」

駒、と言いながら五角形の木片を見せてくる。力強い筆使いの『王将』の文字。

「ぼうや、何年生？」

「五年生です」

「香ちゃんの一個下ね。いつものいたずらならとっくに逃げている時間だ。遊んでいきなよ。店長、この子の席料は俺が持つ」

胡桃はワンドリンクつきの時間制。料金の仕組みさえ知らないまま、直はテーブル席にうながされた。革張りのソファは座り心地はいいが落ちつかない。

少女が店の奥のカーテンをくぐって出てくる。彼女は店主の孫娘だったのだ。ツンとすました顔立ちは大人びて見えた。ポニーテールに結んだ黒髪、店主に似た鋭い瞳。時代劇のお姫様のように高貴なオーラをまとった美少女である。直がぼうっと見とれていたら、その視線をさえぎるように彼女は『香車』の駒をつきだした。

「私は香。この香車の香」

直にとって香は、ルールを教えてもらいながら初めて対局した相手だ。そして最後に対局した相手でもある。

出会ったその日、香はまず道具の名前を教えてくれた。テレビで観た小さなテーブルみたいな台の名前は『将棋盤』。薄い板みたいな卓上将棋盤はテーブルで使う。

駒の名前と動かしかたを覚えた当初、直は一日一局指すのも難しかった。駒の動きを間違えるし、駒を雑に置かないなどのマナーまで気にするから疲れる。

将棋で勝ったら香と付きあえるのならば、直にはその資格がない。約一年で百回以上対局したが一度も勝てなかった。

棋力――将棋の強さに差がある場合、駒の数を減らしてハンデをつけるけれど、香はハンデなしの『平手』しか勝負を受けてくれなかった。今思えばスパルタすぎる。

四歳で将棋を覚えた香に初心者の直が勝てないのは当然だ。まわりの大人がとめてくればよかったのに、負けて悔しがる直を見て喜んでいた。

「悔しいと思えるうちは強くなれる」

子どもが週一回の喫茶店通いを続けられたのは、店主が直の親にちゃんと話してくれたからだ。寄り道ではなく、習いごと扱いになった。

店主は子どもの間では恐れられた存在だったが、大人からの信頼は厚かった。胡桃材のカウンターが店名の由来で、店名にちなんだほろ苦い胡桃菓子の数々は本当においしい。とくにどっしりしたパウンドケーキは絶品だ。季節に合わせて練りこまれる食材も変わる。無花果、バナナ、栗、苺、バレンタインはチョコレート。旬の食材がごろっと贅沢に使われるため、一切れでも食べごたえがある。取材を断られてもめげずに通いつづけ、常連客になってしまったグルメ雑誌の編集者までいたそうだ。

　取材拒否の名店。そんな特別な場に出入りする優越感は多少あったが、香への憧れが一番強かった。将棋は子どもでも大人に勝てる。大人相手にも負けない彼女はかっこよかった。そんな直の気持ちに変化があったのはクリスマスだ。

　直が胡桃に行くと香がいない。将棋のプロ棋士がやってくるクリスマスイベントに行ったそうだ。直はがっかりした。先週会ったときにそう言ってくれればよかったのに。慰めているのか、からかっているのか、常連客たちが口々に言う。

「俺も行きたかったが抽選で落ちてね。例年になく競争率が高かったらしい」

「今年のゲストは若いイケメンだからな」

「おっさんとじいさんの巣窟より、将棋が強いイケメンがそりゃいいか」

「振られたもの同士、対局するか？」

　振られたもの同士、と言われた直は首を横に振って店を出た。

底冷えする京都の冬、乾燥した風が心まで冷やす。将棋が強いイケメン。直とは対極にいる存在である。

その晩、直は眠れなかった。寝返りを繰りかえしたあと、香への恋心を自覚した。

初恋だった。かわいかったり優しかったりで、ちょっと好きになった子はいたけれど、完膚（かんぷ）なきまでに負かされても好きな人は初めてだ。

告白するつもりはなかった。成功するイメージが持てなかったし、振られてぎくしゃくするのが嫌だったから。

年が明け、季節が流れた四月上旬。

桜の開花情報が毎日ニュースになる春先の気持ちのいい晴れた日、直がいつものように胡桃に行くとブレザー姿の香がいた。襟元（えりもと）には紺（こん）色のリボン。中学校の制服のお披露目だ。

香はまるでみんなの孫みたいに常連客たちと写真を撮っている。入学式に合わせて切った髪は香の希望よりも短かったようで、眉上の前髪を片手で隠す。いつも結んでいた後ろ髪を下ろし、つややかな黒髪の毛先が肩に触れる。

香は直に気づくと前髪を押さえたまま、照れくさそうに笑いかけてきた。そのしぐさがかわいらしくて直はドキドキしたが、一足先に大人に近づいた彼女との距離を感じた。

その日以降、香は制服で胡桃に来るようになった。中学校では将棋部に入ったそうだ。

彼女の話に相槌を打ちながら直は疎外感を抱いた。小学校での話なら共感できたのに、中学校の話はわからない。

共通の話題が減った。下校時間が遅くなった香との対局時間も減った。

そして五月、ゴールデンウィーク最終日。

遠出したくなるような初夏らしい日差しのなか、胡桃に向かう直の足取りは軽い。香と対局する約束をしていたからだ。

待ちきれなくて、約束の時間より十分早く店の前についた。直がゆっくりと扉を押すと香の冷ややかな声が聞こえた。

「弱い人とは指したくない」

よく混同されるが将棋は「指す」と言い、囲碁は「打つ」と言う。指したくないとはつまり将棋の対局をしたくない、ひいては一緒に遊びたくない、という意味に聞こえた。将棋は二人で指すものだから。

直は扉をそっと閉めた。その日から胡桃に行かなくなった。

弱い人、と聞いて、名前こそ出ていないが自分のことだと思った。いない場で出る言葉は本音に聞こえる。

直の目標は級位や段位、大会での好成績ではなく、あくまで香に勝つことだった。彼女に一度でも勝たないうちはよそに目がいかなかった。

しかし香は「弱い人」との対局を望んでいない。

もし友達に「直と遊んでもつまらない」と陰口を言われたとしても、ここまでショックじゃなかった。好きな子に我慢させていたと気づかない自分の鈍感さが恥ずかしかった。

強くなって見返そうとは思えなかった。何せ百連敗以上していたから。将棋の駒を見ると、冷ややかな声の「弱い人」を思いだすから将棋もやめた。

さすがに直の両親は将棋をやめた理由を知りたがったが、直が何も言わなかったら、四歳上の姉は「女の子に勝てないからじゃない？」と言いだした。直が否定しないでいるとそういうことになってしまった。

直が中学生になると校内で香とすれ違う。当時から香は目立つタイプだが中学校ではひどい噂はなかった。しぶい趣味の人という位置づけだったからだ。

香は何か言いたげな顔をしたが、直は彼女に気づいていないふりをした。

直があの発言を聞いてしまったことを香は気づいているのか、いないのか。おたがいが言及することを避けていた。『棋は対話なり』という言葉があり、将棋を通した対話はしてきたけれど、言葉での対話はおたがいへただった。

直が中学に入学して半年もすると、無視するのが普通になった。まるで知らない人みたいに目を合わせない。

でも、友達といるときに廊下で香とすれ違うと、直は友達に「東先輩が好きなの？」と訊かれる。隠せない気持ちが顔に出ているらしい。

「好きというか、推しかな？」

と、直は答える。

高嶺の花すぎて付きあいたいとは思えない。ファンサも認知もいらない。より一層の活躍はしてほしい。

香は将棋強豪校を選ぶと思っていた。それかプロを目指すと。彼女を「推し」だと公言していたから、直の友達が気を利かせて彼女の進学先を教えてくれた。なんと将棋弱小校で、しかも難関大学への進学を目指す特進コース。直の志望校だったし、あえて避けるのも自意識過剰な気がして、専門学校も含めた多様な進路を目指す進学コースを受験したのだが……。

「交際対局かあ」

昇降口で靴を履きかえながら、直はぽつりとつぶやく。

一年生の直の耳にさえ入ったのだから、本人もきっと知っているだろう。

モヤモヤしたまま直は自転車置き場へと向かう。校舎から出ると空は雲一つない。グラウンドからは運動部の掛け声が聞こえてくる。

今になって、直が将棋で負けて悔しがる姿を喜んだ大人たちの気持ちがわかる。

悔しいのは本気で取りくんだ証拠だ。

胡桃に最後に行った日、扉を閉めてしまった自分に交際対局の挑戦者をバカにする資格はない。ダメ元の勇気さえ、なかったのだから。


翌週、調理部の実習日。エプロンを持ってくるように言われていたので、直は普段使っている割烹着（かっぽうぎ）を持っていった。

男一人ですでに浮いているからいっそ開きなおったのだが、意外にも調理部の半数が割烹着派だった。制服をすっぽり覆（おお）うデザインは使い勝手がいい。

調理部顧問は定年間近の家庭科の先生だ。グレイヘアをお団子頭に結った彼女はよく通る声で言った。

「部活のなかでトップクラスに危険度が高いのは実は調理部。切り傷、やけど、食中毒。手作りお菓子の差し入れなんて青春っぽいけど、ちゃんと衛生管理しようね」

そう釘をさしたものの、作業が始まると生徒たちの自主性に任せ、ほとんど口を出さない。調理部員たちは四人ずつのグループにわかれてカップケーキを作る。卵白を泡立てたメレンゲでふわふわ食感を目指す。

「手で泡立てるのはそれぞれの料理スキルを知るためだから。新人いびりじゃないからね」

と、柊部長が念を押す。同じ苦労を共にしたら、ぎこちなかった雰囲気が緩んでいく。

カップケーキが焼けたころには一年生は名前で呼ばれることが決定した。オーブンを開けたときのふわっと広がるしあわせな甘いにおい。小ぶりのサイズなので一人当たり三個。

「今食べてもいいし、冷まして持ちかえってもいいよ」

柊部長がラッピング用の袋を用意したが、焼きたての誘惑にはみんな勝てない。きつね色の焼き色がついた香ばしい表面に歯を立てると、内側はスフレみたいに柔らかい。

これ、これだよ。直は達成感をかみしめる。スイーツは買うほうが絶対おいしいし安くすむとわかっているが、焼きたての味は作った人間の特権だ。今となっては将棋の知識は抜けおちているけれど、将棋喫茶胡桃で覚えた焼き菓子を味わう喜びは忘れられない。

柊部長と寺内副部長は一個のカップケーキを半分こしていた。仲いいなあ、と直は思ったが、その意図に気づいたのは片づけをおえ、顧問が帰ったあとだ。

「直くん、将棋部についてきてくれない?」

赤ちゃんの笑顔をした柊部長に誘われた。彼女が持つお盆の上には個包装されたカップケーキが山のように載っている。

「何しに行くんですか？」

意図が読めず、戸惑いながら直は訊きかえす。

「材料費をもらって将棋部におやつの差し入れをしていたと言ったよね。できれば将棋部とまた仲良くしたい。将棋経験者がうちに入部したのはいい機会かもしれないと三年生たちで話しあったの。これは三年生が寄付してくれたぶん」

これ、とお盆を持ちあげる。仲がいいからシェアしたのではなく、売りこみに使う試食を増やすためだったようだ。

本音を言うと行きたくない。

香に会いたくない。

こっちは香を覚えているけれど、あっちは自分のことなんて覚えていない……いや、直が将棋で負けたときに「三週間前も同じミスをした」と言ってきた記憶力だ。絶対覚えている。

黙りこんでしまった直に、柊部長は残念そうに言った。

「行きたくないならいいよ。将棋部はうちとは男女比が逆でね。直くんがついてきてくれたら心強いけど、一人でも行けるから大丈夫」

「……行きます」

直は両手を差しだしてお盆を受けとった。男一人の心細さを知っているだけに無視できない。

「ありがとう。優しいね」

優しいというか、手玉に取られているというか。まあ深く考えないようにした。姉がいる直は年上の理不尽さに慣れている。

調理室を出て、廊下を歩きながら柊部長が言った。

「先週言った将棋部の知りあいが清水くん。同じクラスなの。黒縁眼鏡で体が大きい五分刈りの人。中学時代は柔道部だったらしくて今も鍛えてて、直くんもぱっと見でたぶんわかる」

特徴を頭に入れながら階段を下りる。黒縁眼鏡、体が大きい五分刈り、元柔道部。

廊下のつきあたりが作法室。カップケーキの甘いにおいが漂っていた三階とは違い、パチリパチリと小気味よい駒音が流れる。

――弱い人とは指したくない。

直の耳の奥で冷ややかな声がよみがえる。僕はただの荷物持ち、対局はしない。そう自分に言いきかせる。

作法室の引き戸には〈対局中　おしずかに〉と張り紙。柊部長が小さくノックしたが返事はないため引き戸を開けた。

「失礼します」

柊部長が控えめな声量で言うと、近くにいた数人が振りかえった。畳の和室には男子生徒が十数人いる。靴箱にちゃんと上履きが並んでいるが、一足だけ脱ぎすてられていた。その違和感が直は気になった。

「調理部の柊です。清水くんに用事があって来ました」

いぶかしげな将棋部員に柊部長は名乗った。おっとりとした口ぶりながら堂々としている。目当ての清水を見つけたらしく、上履きを脱ぎそろえたあと奥へと進む。直もそれに続いた。

数台の長机に卓上将棋盤と駒が並んでいる。訪問者を振りかえる部員がいれば、自分の勝負に集中する部員もいる。

出入り口から一番遠い窓際だけ、足つき将棋盤を使っていた。将棋部員はみんな座っているから、立っている直は遠目でも見渡せる。

掛け軸のかかった土壁を背にした香が足つき将棋盤で対局中だ。直は彼女に気づくと、さっと目をそらした。しかし一瞬見えた輪郭だけでも美しい。さらさらの黒髪ロング、すっと伸びた背筋での正座。

香の正面に座るのは制服を着崩した大柄の男子生徒。香とは対照的に、彼は背中を丸めて片膝を立てていた。脱ぎすてた上履きの持ち主だろう。

これが噂の交際対局？

しかも記録係までいる本格派だ。記録係は棋譜――対局手順を書く書記とタイムキーパーを兼ねている。『持ち時間』と呼ばれる制限時間がある対局では、文字盤が左右に二つある対局時計で時間を管理する。

窓に背を向け、対局を横から見る位置に座る記録係が清水らしい。直から見て、対局する二人のさらに奥にいる。清水は元柔道部と聞いたが、現役の中量級で通用しそうな筋肉太りした体形だ。

対局中はさすがに声をかけないだろうが、少しでも清水に近づこうとした柊部長が香の背後の壁際をそっと忍び足で歩く。好奇心からか通りすがりに将棋盤へと目をやった。

「え？」

柊部長の驚いた声につられて直も将棋盤を見た。男子生徒側には駒がない。

奪った相手の駒を自分の駒として使えるのが将棋の特徴だ。相手の駒がいるマス目に自分の駒を動かしたとき、相手の駒を取れる。そうやって相手の駒を全部取ってしまうことを『全駒(ぜんごま)』と言う。将棋経験のない人でもわかる圧倒的な力の差。それを見た途端、直はなんだか懐かしくなってしまった。香に何度もやられたことがあるからだ。

初心者も全力で叩きのめす。

いい意味でも悪い意味でも香は変わっていない。それがわかるとなぜかほっとした。へんな噂を聞いたせいだろう。

「ありがとうございました」

対局相手に向かって香が頭を深く下げた。落ちついた低めの声だ。肘(ひじ)に届く長い黒髪が肩からさらさらと流れる。

すると男子生徒は将棋盤の上の駒を右手でなぎはらった。畳に駒が数枚散らばる。直を含めたその場にいた全員がぎょっとしたが、勢いそのままに男子生徒は駒をつかみ、頭を上げかけた香の顔をめがけて投げた。とっさに直は手を伸ばしてお盆をすべりこませてガードする。カップケーキは宙を舞い、男子生徒に当たって畳の上に落ちた。

「なにっ、を、し」

直は怒りのあまり舌が回らない。吐いた息が熱い。駒を投げた男子生徒は、周囲にいた将棋部員に羽交い絞めにされて部屋から連れだされた。それでも廊下から声がした。

「相手にしてやっただけありがたいと思え、ブス！」

直は廊下へと向かいそうになったが香にブレザーの袖をつかまれた。香はうつむいたまま、首を横に振る。相手にする価値もないと言わんばかりに。

だが柊部長が走っていって叫んだ。

「捨て台詞がざーこ！　オリジナリティゼロ！　コピペ野郎！」

ムキになった相手が遠くから何か言いかえしたら、柊部長はさらに言いかえす。直があっけに取られていると、清水は柊部長に駆けよって悔しそうに言った。

「俺らがふがいないばっかりに矢面に立たせてしまってすみません。柊さんが言わなくていいよう、悪口のレパートリーを増やしておきます」

すみませんでした、と将棋部員たちもつられたように謝る。それで柊部長の溜飲が少し下がったらしい。

直はしゃがみこみ、うつむいたままの香に訊いた。

「怪我してない？　……ですか」

頭に血がのぼったせいか、昔みたいなタメ口が気まずくて、取ってつけたような敬語になってしまう。

「平気です。ごめんなさい、ケーキが」

香の声にはおびえた様子はなかった。直はほっとしたあと、ふと気づいた。

この状況で言う「平気」が本当に「平気」なわけがない。でも気丈に振るまう香を尊重したくて、直はそれ以上何も言えなかった。

包装されていたとはいえ、丸みを帯びたカップケーキは一部へこんでいた。拾おうとした直は畳の上のボールペンに気づく。直のガードが間に合ったのは、棋譜を書いていた清水がこのボールペンを男子生徒の肩に当てたおかげだ。

直がボールペンを拾うと、「それ、俺の」と駒を拾っていた清水が分厚い手のひらを差しだしてきたから渡す。彼の判断で助かったが直はどうしてもひっかかった。

「……こういうこと、初めてじゃないんですか？」

将棋部員たちが男子生徒を連れだす手際がやけによかった。

否定してほしいと直は願いながら尋ねたが、清水はあっさりとうなずいた。

「ごくまれにある。職員室に連れていって、スクールカウンセラーにもつなげる。負けたからといって暴力に出る攻撃性は、周囲のためにも本人のためにも向きあうべきだ」

「似たことがすでにあったのに勝負を受けてるんですか？」

「被害を受けた側が活動を制限されるのはおかしいだろ？」

「……」

言っていることは正しい。でもあんなできごとを目の前にして、どうしてそんな冷静でいられるのかわからない。

香が本当に平気だとしても直はぜんぜん平気じゃない。将棋の駒を見るたび、今日のことを思いだすだろう。それぐらい印象が強いできごとだ。

直に背中を向け、カップケーキを拾いあつめている香に直は言った。

「東先輩」

緊張からか直の声は低くかすれた。彼女を苗字で呼んだのは初めてだ。香は答えない。自分が呼ばれたとは気づいていないみたいに。

「東先輩への挑戦は予約制ですよね？　僕が予約していいですか？」

「いつ？」

と、訊いたのは清水だ。直は香の背中を見つめたまま言った。

「明日から東先輩が卒業するまで」

すると香が驚いたように振りかえった。今日初めてまともに目が合う。

長いまつ毛で縁取られた切れ長の瞳。陶器のようにつるりとした色白の肌。凛（りん）とした雰囲気とネクタイがよく似合っている。

クールな印象に整った顔立ちの眉間（みけん）にぎゅっと皺（しわ）が寄った。

「同情はやめて。私と付きあいたいわけじゃないでしょ？」

突きはなすように言われて、直は言葉に詰まってしまった。

どうやら交際対局の噂は一部、本当だったようだ。直が「東先輩への挑戦」と言ったら、香は「私と付きあいたいわけじゃないでしょ？」という、違和感がある受け答え。

交際を賭けた勝負を受けているからこそ出た発言だ。つまり香はあんな態度の悪い相手とも付きあう可能性があったのだ。

そう気づいた直は叫びたくなった。

「もっと自分を大事にして！」と。

「将棋バカにもほどがある！」と。

しかし直がぐっとこらえていると、香はどこか得意げに目を細める。言いかえせないなら私の勝ち、とでも言うように。

その表情には見覚えがあった。香が直に将棋で勝ったときの顔である。それを見るたび、直はうれしかった。勝って当然だと思っていたら勝ちを誇らないからだ。

推しという言葉は便利だった。でもこうして香と直接向きあってみると、さまざまな感情が胸にうずまく。

一度も勝てなかった相手。百連敗しても挑んだ相手。劣等感を植えつけられた相手。それでも絶対しあわせでいてほしい相手。

「ほかの人にチャンスをあげるなら僕にもください」

香から目をそらさず直が言えば、彼女は首を横に振った。

「私の卒業まで予約するなんて後ろむきだと思います。今年どころか来年も勝つ自信がないんですか?」

「……自分の弱さは知ってます。勝てるとは思ってません」

情けないが正直に打ちあけた。直が将棋から離れている間、香は将棋を指しつづけていたのだから当然だ。

もちろん、人間同士が行うゲームなのでミスはある。まぐれ勝ちという可能性もあるだろうが、そんなことを期待できる相手とは思えない。

「私は将棋の研究のために挑戦を受けています。負けるつもりで指す人の消化試合に時間を使えません」

ぴしゃりと香が言う。清水がのんきな口調で割りこんだ。

「チャンスぐらいあげたらどうだ? かばってくれたんだからさ」

すると柊部長が「いいぞ、清水くん」と合いの手を入れた。清水の四角い顔がふにゃっと緩む。どうやら柊部長が好きらしい。すごくわかりやすい。直が柊部長の連れだから味方した部分もあるだろう。

清水は咳払いをして続けた。

「お前……えっと」

「鈴木です」

「よし鈴木。東は将棋部の部長だ。部長決めトーナメントで全勝したからだ。うちのトップと対局したいなら将棋部員と三番勝負でどうだ？　全勝すれば東への挑戦権を得る。正直この勝負はうちの利益がないから、将棋未経験の新入部員の勉強の場にしたい。将棋の上達につながる勝負内容にする。それなら東もいいだろ？」

「嫌です。勉強ならほかのことでもできますから」

即答した香に清水は肩を落とす。

「先輩の顔を立ててくれよ」

「立てるべきときはそうします。ですが対局するのは私です。対局相手を決める権利ぐらいあります」

香は譲らない。将棋の王将が由来で王様らしいが、このかたくなさや一人だけ足つき将棋盤を使っているところを見れば、絶対君主の王様かもしれない。

「助けてくれたことには感謝します。ケーキも私のせいですみませんでした。弁償します」

直が持つお盆にカップケーキを載せながら香が言った。そっと扱う手つきは恭しい。

ふがいない男たちがじれったかったのか、柊部長は清水に尋ねた。

「清水くん、勝負内容って具体的にどんなこと?」

「さっき思いついたばかりだからまだ決めてないですが、……まずは将棋に慣れる簡単なゲームですかね」

柊部長はタメ口だが、清水は彼女に敬語を使いつづけている。清水の頬が少し赤くなった気もする。

柊部長は直にも尋ねた。

「直くん、まだ勝負内容が決まってないけど、三番勝負をしたい?」

「どんな勝負でもやります。でも、東先輩が嫌がってるから勝っても意味がな……」

直が言いおえるのを待たず、柊部長は香に言った。

「東さん、聞いた? 直くんはどんな勝負でもやる気だよ。それぐらい、あなたとの対局を望んでいる。カップケーキを弁償する気持ちがあるなら三番勝負を認めてほしい」

直くん、と呼ぶたび、香の眉間に皺が寄る。それに気づいた柊部長は猫なで声で続けた。

「直くんは力仕事も汚れ仕事も率先してやるから、直くんのことみんなかわいがってるんで、東さんに負けても振られても直くんを慰めたい女子部員は多い……」

「わかりました、認めます」

食いぎみに香が言った。

直と清水は尊敬のまなざしを向けたが、柊部長はまだ続ける。

「それは三番勝負を認めるってこと？　その先は？」

「……三番勝負に勝ったら挑戦を受けます」

「一回だけ？　卒業までの対局も？」

「それは彼次第かと」

香は直へとちらっと視線をやる。

「彼のモチベーションが続くかわかりません。『勝つまで続ける』と言った人も過去にはいましたが、三日続きませんでした」

冷ややかな口ぶりだ。まるで直もそうなると言いたげに。

三日どころか百回以上連敗した実績がある。誇れることではないが香だって知っているはずだ。そう言いかえそうとして直はふと気づく。

もしかして怒ってる？

直は陰口を聞いた側だから香に声をかけづらかったが、香がどう思っているのか今までわからなかった。あの発言を聞かれていないと思っているならば、彼女からすれば、直は急に将棋をやめた人間だ。口約束を守る保証なんてない。

弱いうえに根性なし。

それが香のなかでの直の評価かもしれない。……最悪すぎる。

柊部長はこめかみを掻いてうなった。

「うーん、ここが落としどころかな。直くん、悔しいだろうけどこれ以上は行動でしめすしか東さんを説得できない。この場にいるみんなが挑戦の証人ね。あ、そうだ。うちのおやつよかったら食べて。それで弁償はチャラで」

一番きれいな形のカップケーキを柊部長は香に渡し、将棋部員たちに残りを配る。すっかり柊部長のペースだ。調理部が将棋部と縁遠くなった理由を「王様が現れたから近寄りづらくて」と聞いたが、香や将棋部への苦手意識はなさそうだ。過去にもいたらしい、八つ当たりするような乱暴な挑戦者こそが原因だろう。女子ばかりの部活だとなおさら、あいうのは避けたいはずだ。

カップケーキを宝物みたいに両手で抱えた清水は壁掛け時計を見上げた。

「今日はもう下校時間だから、三番勝負第一局は明日の放課後に作法室で。勝負内容はそうだな、『はさみ将棋』にしよう」

「はさみ将棋って?」

柊部長は直に尋ねたが、清水が先に答えた。

「自分の駒で相手の駒を挟んだら駒を取れるゲームです。将棋の難しさの第一関門は、八種類ある駒の動きを覚えることです。でもはさみ将棋は、縦方向と横方向に動ける飛車の動きだけで遊べる」

「それなら初心者でもできるね、さすが清水くん」

柊部長に褒められ、清水の顔がふにゃふにゃと緩む。

「アプリで練習するといいと思います。コンピューター対戦もできるので」

清水はアドバイスまでくれた。将棋から離れた直はそういう知識がないのでありがたい。

下校のチャイムが鳴り、片づけの始まった作法室を出たあと、直はため息まじりに柊部長に言った。

「……東先輩に嫌われてますよね、僕」

「どうしてそう思ったの？」

意外そうに問われたから、直は痛む胸を押さえながら言う。

「あんな態度の人とは対局したのに、僕が挑むためには先輩たちの協力が必要でした」

「卒業するまで、と言ってしまったから挑戦のハードルが上がったんだと思うけど、でもまあ別の意味もあると思うけどね」

別の意味？

直が首をかしげると、柊部長は意味深にほほ笑む。

「東さんに『直くん』って呼ばれてた仲なの？」

「いえ呼ばれてません」

「え、そうなんだ？　てっきり……」

「別の呼びかたでした」

「なんて呼ばれてた？　あ、言わなくていい。直くんは本当に顔に出るね」

「……すみません」

直は素直に謝った。どんな顔かわからないが嫌そうだったんだろう。

プライベードに踏みこまれたくないという意味ではなく、香と過ごした日々は楽しさと同時に痛みがあって言葉にするのがまだ難しい。

柊部長が手を差しだした。

「お盆を調理室に返してくる。ちょうだい」

「僕が行きます」

「はさみ将棋の練習して。勝ってね」

グッとこぶしを握る。丸みを帯びた指はクリームパンみたいだ。調理部に入った当初は不安だったが彼女が味方だとすごく心強い。

「今日はありがとうございました。僕一人では挑戦すらできなかったです」

「入部前にだましちゃったおわびになった？」

「むしろ恩になりました」

お盆を渡して柊部長とわかれたあと、直は自転車に乗って下校する。住んでいるマンションではなく、祖父母と両親が働く店へと向かう。小学生までは母がわざわざ自宅で夕飯を作っていたが、直が大きくなってからは店で食べたり自分で作ったり。

交通量の多い大通りから外れ、民家が並ぶ細い路地に、うどん処きざみはある。祖父母の住居兼用の二階建て、コンクリート造りで食品サンプルが店頭に飾られた店構え。昭和レトロ物件として撮影していく人も多い。瓦屋根に虫籠窓や出格子といった古都を彩る京町屋とはまた違う魅力がある。

看板商品はきざみうどんだ。短冊形に細く切った油揚げと出汁のきいたうどんは食べあきないほっとする味。肉厚の鯖寿司と、パクパクつまめる小ぶりのいなり寿司がテイクアウトでよく出る。

店の壁に寄せて自転車をとめて勝手口へと回ると、夜営業の始まった厨房は活気づいていた。

「ただいま」

直が言うと「おかえり」と調理白衣の父が大声で返した。縦にも横にも大きい父で、背が伸びることを直が諦められない理由である。

父の声につられたように洗い場の母が「おかえり」と言い、コンロ前の祖父が「おう」。祖母は接客中で、派手な髪色をバンダナで隠した姉までいた。昔は家業の手伝いなんて嫌がっていたが、俳優志望で美大に進学した金銭的な負担のせいかまじめになった。

「注文がつまってるから、上に行っといて」

父に言われ、「手伝う?」と直は訊いたが「宿題やっとけ」と追いはらわれる。二代目として周囲から期待された父は、そのプレッシャーを息子には与えたくないらしい。高校受験のときには「三代目にはならなくていい」とまで言われた。

ありがたい反面、何を選んでもいいとなると逆に難しい。料理が好きだから調理師専門学校に進学したいがまだ言えていない。好きなことを仕事にするのは少しこわい。

二階は住居スペース。和室の居間は従業員たちの休憩室でもあり、直は電源を入れていないこたつに足をつっこむ。ここで夕飯をよく食べるので第二の家みたいに落ちつく。

スマホで『はさみ将棋』を検索したら複数のアプリが出てくる。将棋ブームとは聞くけれど、こんなふうにアプリが作られていると実感が湧く。

小学生のときはアナログがかっこいいと思っていた。子どものくせに児童書コーナーを避け、大人向けの分厚い上級者用の本を図書館で借りていた。

　今思えば、本の内容を理解することが目的ではなく、分厚い本を借りることが目的だった。難しい本を読んでいる自分に酔っていた。背伸びしたい子どもあるあるだと思いたい。忘れたい恥ずかしい記憶だ。

　アプリの口コミレビューを直が見比べていると、いつのまにか階段を上ってきた姉が無言でスマホを取りあげた。

「また将棋やるの？」

　ぎょっとした直がスマホへと手を伸ばすが、姉は体をひねって避ける。

「これ課金するやつ？　金食い虫はあたしだけでいいんだから無料のやつにしなよ」

　そう言いながらこたつに親子丼を置いた。

　直は立ちあがり、スマホを取りかえそうとしたがひらりひらりと逃げられる。残念ながら姉のほうが五センチほど背が高い。手足の長い姉は舞台映えするそうだが、自称なので本当のところは知らない。

「返せよ。勝手に見るなよ」

　苛立（いらだ）ったが直は小声で言った。きょうだい喧嘩（げんか）が店にまで聞こえると恥ずかしいからだ。

「未成年のスマホトラブルを心配してるだけ」

「自分の学費の心配だろ。課金要素がないのを選ぶよ」

「ならいいや」

姉がポイッとスマホを投げたから直は慌てててキャッチした。将棋部でのトラブルにとっさに反応できたのは悲しいかな、横暴な姉に鍛えられたおかげである。

「あんたよかったね」

「何が？」

スマホを勝手に見られたうえに投げられる。どう考えてもよくない。

しかし傍若無人な姉は笑った。

「将棋をやめたあと、世界のおわりみたいに落ちこんでた。世界を取りもどせてよかったね」

世界。

俳優志望の姉は言うことが大げさだ。きっと何かを観た影響でいい感じのセリフを言いたかったのだろう。

姉が出ていき、残された直はスマホを見つめる。

失った世界は将棋ではなく、将棋盤を挟んで香がいた世界だ。

またあの場に行くのかと思うと不安が込みあげてくる。ブランクがある前から勝てなかったのに、今度の目標は王様となった香。

――彼のモチベーションが続くかわかりません。『勝つまで続ける』と言った人も過去にはいましたが、三日続きませんでした。

香と付きあうためではなく、香に負けつづける覚悟で将棋を指す。それって自分でも意味がわからない。

でもへんな噂を流したり、危害を加えたりするようなやつが彼女の正面に座るなんて絶対嫌だ。それだけは嫌だ。

一番シンプルなデザインのアプリを直が選ぶと、インストールが始まった。

波乱の日々の幕開けである。

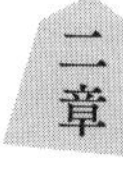

三番勝負

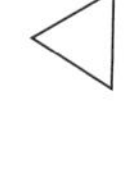

三番勝負第一局予定日。

朝から一日中、カラリとした晴れ。登校時に自転車を漕ぐ直は、頬を撫でる風の心地よさを感じる余裕がなかった。対局のことで頭がいっぱいだった。コンピューター相手に何度勝っても自信がつかない。準備期間が一日なんて短すぎる。

放課後、緊張した面持ちで直が教室から出ると、同じ方向へと向かう男子生徒に気づいた。同じクラスの立花は直より頭一つぶん背が高く、ひょろりと細身。身長差があるので当たり前に歩幅も違うはずだが、直の斜め後方二メートルを歩く立花との距離が縮まらないし、広がらない。

昇降口前を通りすぎ、人けが減ってもそれが続くとさすがにおかしい。

なんだ？　気になって直が足をとめると、立花も足をとめた。直が一歩ふみだすと、立花も一歩ふみだす。

まだ仲良くないクラスメートに跡をつけられ、マネされている。ということは？

「いじめ？」

半信半疑で直が訊けば、立花は一気に距離を詰めてきた。思わず直があとずさると背中が硬い壁に当たった。左右どっちに逃げるか迷ううちに直の目の前にまで迫られた。

立花が猫背のせいか、一重の目を見開いた焦った顔がやけに近い。たんぽぽの綿毛みたいなふわふわした頭を立花はぶんぶんと横に振った。

「違う違う違う！　声かけるタイミングがわからなくて不審者でごめん。実は今日、鈴木と対局する将棋部員が俺」

「え、そうなの？」

「そうなの。もともと俺は漫研に入る予定だったんだけど、東先輩の噂を聞いて漫画みたいな人がいると思って興味本位で入部した。だから駒の動きもまだピンと来てないレベル。でも将棋部に入ってよかった。昨日の鈴木を見たらさあ、筆が乗っちゃって徹夜したもん」

立花はスマホでデジタルのカラーイラストを見せてきた。

ブレザーを着た二頭身のチワワが「チャンスください！」と言い、王冠を被った黒髪ロングの八頭身の美少女が冷ややかに見下ろしている。美少女が香だろうからチワワが直だ。香はライトノベルのヒロインみたいに美麗だが、直はマスコットキャラみたい。特徴をとらえたかわいらしいタッチなので文句が言いにくい。

「立花が描いたの？」

「うん。あ、嫌だった？」

立花が急に自信なさそうにしゅんとする。

「そうじゃなくてすごくうまいから。プロみたいだ」

「えええ？　もう一回言ってもらっていい？」

ちゃっかりリクエストされて直は戸惑いつつ言った。

「すごくうまい。プロみたい？」

すると立花は、寒い日に湯船につかったときみたいな満足そうな吐息を漏らした。

「ありがとう。心に永久保存した。今後何言われても、今日この日のことを思いだして生きていく」

「大げさだなあ」

「ぜんぜん大げさじゃない。悪意って底がないんだ。見てみる？　地獄の入り口を」

そう言うと立花はハンドルネーム名義のＳＮＳを見せてくる。漫画やアニメのファンアートのアカウント。フォロワーはなんと一万人。その数字に直はぎょっとするが、立花は悲しそうにつぶやく。

「リプ欄見てよ。『パクリ』とか『売名』とか、言いがかりを呼び捨てタメ口で言われるとしんどくなる」

「褒めてるのも多いよ。『かわいい』、『癒やされる』、『待ってました！』とか」

「それは本当にありがたい。でも画面越しじゃなくて、こうして直接褒められるのは、やっぱりすごくうれしい」

目元を緩ませて立花が笑う。距離感が独特だが悪いやつではなさそうだ。

「鈴木が絵を褒めてくれたから言うわけじゃないけど、訊いていい？」

「何？」

立花はきょろきょろと周囲を見まわしたあと、ささやいた。

「今日の勝負、俺が負けようか？」

予想外の提案だった。とっさに何も言えず、直はパチパチと瞬きして立花を見上げる。

気まずかったのか、立花は目をそらした。

「俺は鈴木みたいに絶対勝ちたい動機がないから」

立花の提案は直を気遣うものだ。だからこそ困ってしまった。

「僕は立花に勝つ気でやるから、立花も僕に勝つ気でやってほしい」

「でも」

「気持ちはうれしいけど、勝ちを譲ってもらったら東先輩に挑戦する資格はないと思う」

善意を断るのは難しい。とげがある言いかたにならないよう気をつけて「作法室に行こう」と直は誘う。言いあいにはなりたくない。ほかの将棋部員に聞かれたら困る。直が勝っても不正を疑われるだろうし、直に味方するような発言をした立花が将棋部内で非難されたらかわいそうだ。

「わかった」

重々しくうなずいた立花が、なぜか目を輝かせていたように直は感じられた。断られて喜ぶなんて気のせいだろう。

十数人いた昨日とは違い、将棋部の活動場所である作法室には清水(しみず)しかいない。畳(たたみ)の上で寝ころがっている彼に向かって立花は叫んだ。

「鈴木は見事、誘惑試験に合格っす！　俺の誘いに乗りませんでした！」

立花がうれしそうに万歳する。突然の大声と発言に直は驚いた。誘惑試験？　合格？　まさか「今日の勝負、俺が負けようか？」は……。

清水はくつろいだ姿のまま「だろうな」と言った。

「柊(ひいらぎ)さんにあれだけ後押しされたのに誘惑に負けるような輩(やから)だったら、絞めてやるところだった」

清水の太い腕を見て、直は自分の首を押さえる。なんとなく流れは把握したものの一応尋ねた。

「立花が僕にわざと負けるか訊いてきたのは、三番勝負のうちだったんですか？」

「まあな。柊さんが部長を務める調理部の後輩の味方はしてやりたいが、誰の挑戦でも受けてきた東が対局を嫌がるなんて珍しかったから興味があって試した。お前らってなんか訳ありなの？」

「それ俺も興味ある」

ワクワクした様子で立花が言う。直はどう話すか迷った。

「小学生のときに対局したことがあって、……僕が全敗しました。それ以来、僕は将棋をやめました」

「リベンジマッチだ！」

盛りあがってきた！　と立花は声を弾ませる。清水が冷静に尋ねる。

「やめたって最後に指したのはいつ？　級位か段位は持ってる？」

「最後が小六で、級位はわからないです。趣味で指してただけなんで」

「それなら今日は、ずぶの素人対ブランクがある素人の対戦だな。まずは道具の用意から」

将棋と名のつくゲームは複数あり、現代で一般的な将棋は『本将棋』だ。九×九マスの将棋盤と八種類の駒を合計四十枚、一人二十枚使う。

はさみ将棋は一種類の駒を合計十八枚、一人九枚使う。

清水の指示で直と立花は長机を一台出した。卓上用の薄い将棋盤と木の駒も。年代物らしく、将棋盤も駒も手垢で一部黒ずんでいる。

将棋盤の横の列を『筋』と言い、縦の列を『段』と言う。はさみ将棋では一段目と九段目、つまり対局者から一番近い段に駒を九枚ずつ配置するのだが、立花がハッとした表情で清水に尋ねた。

「はさみ将棋は本来の駒の動きを無視するから、どの駒を使ってもいいすよね？　モチベが上がるよう、強い駒にしてもいいすか？」

名案だと言いたげな提案に、清水は「はあ？」とあきれた声を出す。一番価値が低い歩兵を使うのが一般的だ。直は挙手をして言った。

「それがありなら僕もそうしたいです！」

途端に立花は、仲間を見つけたようなキラキラした顔で直に笑いかけた。強い駒はかっこいい。直と立花はおのおのが思う強い駒を並べる。

立花は王将に次いで価値の高い飛車と角行をまず選ぶ。直は香車を取った。香車の価値は八種類ある駒のなかでも下から二番目。それでも香を連想する駒は直にとって一番強いと感じる駒だ。

駒を並べおえてもほかの将棋部員が来る様子はない。直は気になって訊いた。

「今日は部活がない日ですか？　それとも僕のせいでここが使えないんですか？」

どちらにせよ申し訳ないな、と直が思っていたら清水はきっぱり言う。

「どっちも違う。毎週火曜日はボランティアの将棋コーチが来るから、来月の地方予選に出る部員は普通教室で指導してもらってる。畳の和室はプロの対局みたいだが、大会は椅子と机でやるんだ。本番に近い形で練習してる」

「清水先輩は指導してもらわなくていいんですか？」

「俺は観る将だから大会には出ない」

将棋を指さないが将棋観戦は好きな人が『観る将』だ。

「三番勝負は今後もこんな感じで立花と対局するんですか？」

直が尋ねると、清水はにやりと笑った。

「今後のことは勝ってから気にしろ。今日負けたら次はない」

そう言って清水が壁掛け時計を見上げた。

「そろそろ始めるか。ルール説明をすると、自分の駒で相手の駒を縦か横で挟んだら相手の駒を取れる。二枚以上を挟んだらまとめて一気に取れる。隅の駒を囲んだときも取れる。

自分から挟まれに行ったときは取られない。縦か横方向なら何マスでも駒を動かせるが、駒を飛びこえることはできない。交互に指して、今日は先に三枚取ったほうを勝ちとする」

　どちらが先に指すか、先攻後攻を決めるじゃんけんでは立花が勝つ。

「じゃあ俺が先攻で！」

　立花がグーの手を掲げたら清水は「将棋用語を教えてやる」と言う。

「将棋では先攻は『先手（せんて）』と言う。後攻は『後手（ごて）』。通ぶれるから覚えとけ」

「じゃあ俺が先手」

　立花が言いなおしたので直も「僕は後手です」と言う。直は知っていたが一応。清水は満足したように大きくうなずいて続ける。

「将棋は礼に始まり礼におわる。お願いします、とあいさつしろ」

「お願いします」

　直が正座しておじぎすると「お願いします！」と立花も正座でぺこりと頭を下げる。

　直はアプリで練習したがコンピューターとの対局だけで、人間相手は初めてだ。しかも将棋盤と駒を使うのは久しぶり。

　はさみ将棋とはいえ、本番ではもっと緊張すると思っていた。でも直前まで話していたせいか落ちついている。

結果から言うと、直のストレート勝ちだった。

駒を持つ手つきはおたがい初心者で、パチパチという小気味よい駒音は鳴らない。盤上で駒をすーっと滑らす。

直が想定するなかで一番嫌な戦略は、立花が勝負してくれないことだった。たとえば、駒を端から一マスずつ前進させたあと、一マスずつ後退する。相手の駒を取るための動きではなく、自分の駒を取らせない動きだ。立花自身も言っていたが、彼には勝ちたい動機がない。引きわけに持ちこむこともできる。

しかし心配は杞憂におわった。立花は両端の飛車を大胆に動かす。あまり迷わず、ほぼノータイム。直はそのスピードにつられそうになるが、焦らないよう自分を戒める。直の駒を追いかけることに夢中になった立花の隙をついて、直が二枚同時に挟んだ。

「ああそっか」

立花はうなるようにつぶやき、腕を組んで考えこむ。その表情は真剣そのものだ。立花は七枚で、九枚の直に逆転しないといけない。数の不利があっても勝負を諦めていない。

——僕は立花に勝つ気でやるから、立花も僕に勝つ気でやってほしい。

頼んだことを立花は実践してくれた。そう気づいたから逆転負けはしたくなかった。

将棋を指すと、対局相手の新たな一面を知ることができる。立花はせっかちで攻撃的だ。

狙いが読みやすい。じゃあ直は、といえば、自分のことはよくわからない。将棋喫茶胡桃(くるみ)で対局していた当時はたしか、香から「素直すぎる」と言われた。

「相手が嫌がることを考えなきゃ。将棋を指すときは良い子じゃなくていい」

　硬い駒の感触のおかげだろうか、今まで忘れていた記憶がよみがえる。そうだった。僕は将棋のそういう自由さが好きだった。

　もし将棋を続けていたら今頃どうなっていただろう？　確認しようがない疑問を直は頭から追いはらう。目の前の勝負に集中し、先の展開を読む。日常生活では使わない部分まで脳みそを使っている気がする。

　一進一退の攻防が続いた。やがて三枚目を取られた立花は畳の上で大の字になった。

「あー！　徹夜で絵を描いてたから準備不足で自業自得なのにちゃんと悔しい！」

　足もしびれた、とうめく。

　直は感情が顔に出やすいが、立花は気持ちをすぐ口にしてしまうようだ。清水は立花の頭をぺしりと軽くたたいた。

「あいさつ」

　立花は慌(あわ)てて起きあがったがしびれた足は動かせないらしく、膝(ひざ)立ちで両手をつく。

「ありがとうございました」

土下座みたいな体勢の彼に直も「ありがとうございます」と頭を下げかえす。そこでやっと、勝った実感が湧きおこる。大切な一勝だ。そう思ったら顔がにやけてしまい、頭を上げられない。あんなに悔しがっていた相手に、こんな顔を見せるわけにはいかないのに。

でも一勝した。勝てたんだ。

「どうした鈴木、泣いてるのか？」

うつむいたままの直を清水がからかう。直はぶんぶんと首を横に振り、口元を手で覆って顔を上げた。

「すみません、うれしくて。実は人生で初めて勝ったんです」

「初めて？」

心底驚いたらしく立花が訊きかえした。

「うん。将棋は一年近くやったし、今日のためにアプリでも対局したけど、こうして向かいあって対局した人間には初めて勝った。ごめん。こんなに喜んだら嫌味だよね。でもどうしても顔がにやけてしまって」

「いいよ。人生初勝利なら当然だ。……あれ、清水先輩怒ってます？」

立花に話を振られた清水はしかめ面だ。

「東には勝てなくても、ほかの人にも勝てなかったのか？　一度も？」

誇れない成績を清水から疑われた直は「はい」とうなずく。

「一度も勝てなかったのに続けたのか？」

「はい」

「ハンデありの駒落ちでは勝っても、ハンデなしの平手(ひらて)では勝てなかったという意味じゃなくて本当に一度も？」

「……はい」

責められているような気がして高揚感がどんどん冷めていく。

駒の数を減らすハンデが『駒落ち』だ。香はハンデなしの平手しか対局してくれなかったし、彼女がいないときに相手をしてくれた常連客たちとも平手だった。

当時の直は子ども扱いされるのが嫌だったから、ハンデが欲しいとは自分から言えなかったのだ。

「素人相手に圧倒する東もへんだが、お前もへんだな。勝てないとつまんないだろ。つまんないことはやめるだろ。一年もなんで続いたの？」

「それが愛の力っすよ」

にやにやして立花が割りこんだ。あながち否定できないので直は黙りこむ。その様子に清水はあきれて言った。

「まあいいや。三番勝負第二局は詰将棋テスト。『詰将棋』は王様を捕まえる手順を考える将棋クイズってところだな。鈴木は立花より点数が低かったら負け。立花は五点を取れなかったら追試」

どう動いても王様が取られる防御不可能な状況を『詰み』と言う。将棋は相手の王様を取ったほうが勝つので、詰将棋は終盤力を鍛えるトレーニングだ。将棋盤と駒を図面にして出題される。

対局ではない勝負内容に直は少し拍子抜けした。

三番勝負第一局がはさみ将棋、第二局が詰将棋テストとなると、第三局は将棋の対局だろうか。直はそう推測したが「今後のことは勝ってから気にしろ」と清水に釘をさされたことを思いだした。今は詰将棋に集中しよう。

「追試すか？」

不満そうな立花に清水は言いかえす。

「負けて悔しかったんだろ。やる気が出るよう目標があったほうがいい。テスト日は来週火曜日。放課後にまた作法室で。質問あるか？」

直が手をあげると、清水は発言をうながすように指をさす。

「出題されるのは何手詰ですか？」

「一手詰から五手詰まで」

それを聞いた途端、直と立花の嫌そうな「うわあ」がハモる。しかし立花はすぐ「その数字の違いは？」と問う。意味がわからないまま、なんとなく難しそうと思ったみたいだ。

清水が答える。

「詰将棋の数字の違いは必要な手数の違いだ。一手詰はその名の通り、あと一手で、つまり駒を一回動かすだけで詰む。三手、五手と数字が増えるほど難易度が上がる。王手をする攻め側だけではなく、王手を受ける側も考えるから数字は奇数になる」

「一手詰で五問出してくれません？」

泣きそうな顔で立花が言いつのる。

「問題はこれから作る。文化祭で発行する部誌の過去問から一部出題する。三年分のバックナンバーが図書室にある。まだ開いてるから行ってこい」

清水にそう言われて立花は立ちあがったが、直は将棋盤の前に座ったまま。「足がしびれて立てない？」と立花に問われた直は首を横に振り、「道具を片づけてから行こうかと」と言った。

「このままでいい。俺が詰将棋の問題作りに使う。図書室行ったらそのまま帰れ」

追いはらうように清水が手を振る。観る将だと言っていたわりに詰将棋が作れるらしい。

将棋を指す人は知っているが、詰将棋を作る人と直は初めて出会った。

「問題を作るんですか？　すごいですね。どうやるんですか？」

「過去問に手を加えるだけだ。一から作るわけじゃない」

清水はたいしたことないように言う。しかし直には詰将棋を作るという発想自体がなかったので尊敬した。

「いいからさっさと行け」

照れくさかったらしい清水にうながされ、直は立ちあがろうとしたが足の感覚がない。勝負への高揚感でしびれた痛みを感じなかったようだ。

足をさすりながら、直はふと思いだして言う。

「柊部長も昨日、清水先輩と同じことをしてくれました」

調理部の柊の名前が出た途端、清水の背筋がピンと伸びる。直は続けた。

「柊部長は僕の代わりに備品を片づけてくれて、はさみ将棋の勉強するよう励ましてくれました。先輩たちは優しいところが似てますね」

すると清水の顔がふにゃりと緩んだ。

感覚が戻ってきた足でよろよろと直が廊下に出ると、立花が肩に腕を回してきてささやく。

「ナイス。さっきのセリフで一手詰問題が増えたと思う」

「セリフってなんのこと？」

「優しいところが似てるくだり。清水先輩の好きな人と相性抜群アピールするなんて、案外抜け目ないな」

「そんなアピールに聞こえた？　違うって言ってくる」

作法室を振りかえった直を立花はとめた。

「やめとけ。というか、狙いなく天然で言ったの？　それって逆にすごい」

「褒めてる？」

「褒めてる」

からかわれている気がしたが、深く考えないことにした。図書室が閉まる時間が迫っているからだ。


翌日の昼休み、教室の直の席に立花がやってきて昼食を一緒に食べた。直は自作の弁当で、立花は売店で買った総菜(そうざい)パンが二個。

直はコピーした詰将棋を見ながら甘めの卵焼きをつまむ。部誌には毎年十問前後の詰将棋が掲載されていた。初心者向けの一手詰から上級者向けの十一手詰まで。

　コロッケパンをかじりながら立花が難しい顔で見ているのは、コピーした漫研の漫画だ。詰将棋テストで追試がかかっていても漫画優先らしい。

「立花はもともと漫研志望だったんだよね？」

「うん。去年、この漫画の試し読みがネットに上がってて、この漫画描いた人と話したかったんだ」

「会えた？」

「漫研の見学には行ったからいたかもしれないけど、わからない。ペンネームと二年生ってことしか知らない。部室にいた先輩に訊かれたんだ。『漫画は好き？　描いたことはある？』。当たり前の質問だよ。でも……それが嫌だった」

　立花はため息をついた。

「漫画家になりたくていろんな漫画読んでアニメや映画も観て、世界観やキャラクターは思いつくけど、いつもそれでおわり。最後まで漫画を描きあげたことないんだ」

「これから描けるようになればいいんじゃない？」

　直のそぼくな感想に立花は「わかってない」とつぶやく。

「漫画ってめちゃくちゃめんどくさい。設定考えて、ストーリー考えて、ネームと言われる設計図みたいなのを描いて、下書き描いて、ペン入れして、修正作業がとまらなくなって。ふと冷静になったら設定の矛盾(むじゅん)に気づいて。あんなめんどくさいものが一冊数百円で買えるなんてありがたすぎるよ」

　話しながら立花の声に熱が入る。

「立花が描く漫画、読んでみたいけどなあ」

「フォロワーさんからもよく言われる。そのたび、やろうとはするんだよ。でも描きはじめたら不安になる。見飽きた展開だなとか思っちゃって。いつも褒めてくれる人にがっかりされるのもこわい。その点、鈴木はすごいよ」

「僕？」

　漫画の話が自分に着地するのは意外で、思わず直は訊きかえす。

「やってみてわかったけど、対局って裸で前転するぐらい、自分をさらけ出すだろ？　準備不足も凡ミスも伝わってしまう。よりによってあの東先輩に対局を申しこむのはすごい」

　絵面(えづら)をけっして想像したくないたとえだが、さらけ出すという部分はうなずける。指す前までは「これしかない！」と自信満々だったのに、その直後に詰まされて「……この可能性になぜ気づかなかったんだ」と情けなくなる。感情のジェットコースターだ。

「鈴木くん、今いい？」

背後からふいに声がかかった。直が振りむくと柊部長だ。

「食事中にごめんね。調理部のことで話したいから廊下まで出て」

笑顔だが、うむを言わせない圧があった。明らかに怒っている。直が素直に廊下までついていくと柊部長が不満そうに言った。

「なんで教えてくれなかったの？」

直に口を挟む隙を与えず続ける。

「昨日の対局で勝ったんだよね？　私の連絡先なら知ってるよね？」

そう言われて初めて、勝敗を知らせるべきだったと気づき、直は平謝りする。

「すみません。調理部での連絡専用で私用には使えないと思ってました。本当にすみません。柊部長がセッティングしてくれたのに」

「清水くんに『おめでとうございます』と言われて勝敗を知ったんだよ？」

「おかげさまで勝てました。来週の火曜日に三番勝負第二局の予定です」

「そっかおめでとう。よくがんばったね。話は変わるけど、来週の調理部の部活内容は急遽、実習になるから。必要なものはまた追って連絡する」

「昨日が実習日だから来週はメニュー決めの日では？」

「うん、だから急遽決まったの。そのことも来週説明するから」

今は話したくなさそうな雰囲気だったので、直は「わかりました」とうなずく。教室に戻ると、立花が興味津々(しんしん)で「どうした？」と訊いてきた。

「僕が悪いんだけど、三番勝負の勝敗を伝えてなくて」

「怒られた？」

「そこまできつくない。ちょっと言われたぐらい」

「女子ばっかの部活はどう？　鈴木をめぐった恋愛トラブルとかないの？」

「ないね。小中学校でも調理部だったけど今まで一回もない。先輩どころか後輩にも弟かマスコット扱いされる」

同情されるかと思いきや、立花は「その後輩とは気が合うかも」と言った。そういえば、彼が描いた直はチワワだったことを思いだした。


放課後に直は図書室に行った。詰将棋の本があれば借りたかったからだ。

自習している生徒がちらほらいるだけで、この時間帯の図書室は閑散としている。部活紹介の特設棚があり、将棋部のコーナーには図書委員の手書きらしいＰＯＰがあった。

『将棋に興味ある人へ、全国優勝した将棋女子の東香さん推薦！』

子ども向けの漫画タッチの将棋入門だ。高校生には難易度が低い気もするが読んでみると、ストーリー仕立てになっているのでわかりやすい。子どものころは大人ぶりたくて、こういう本を避けていたのはもったいなかった。

直が本棚の前で読みつづけていると、背後に人が立ちどまった気配がした。本を取りたいのだろうと思い、左横に一歩ずれる。すると黒髪ロングの女子生徒が視界の端に入る。将棋に興味がある黒髪ロングの長身。

直が顔を向けると香がこっちを見ていた。身長差が十センチ近くあるぶん、物理的に見下ろされている。しかも無表情で。

何か言わなきゃと焦るあまり、直の口からは平凡な言葉が出た。

「……こんにちは」

「こんにちは。それ借りるんですか？」

「え、あ、借りたいですか？」

「いえ。それを手に取った人を初めて見たので」

「借ります。おすすめの本あったらそれも借ります。詰将棋なら絶対借ります」

直が言いつのると、カウンターにいた図書委員に「静かに」ととがめられた。「すみません」と直はしゅんとする。

目当ての本はなかったのか、立ちさろうとした香に直は尋ねた。

「詰将棋のコツはありますか?」

小学生のころはこんなふうに訊けなかった。好きな子に頼るのはかっこ悪いから。彼女の知らないところで強くなりたかったのだ。当時は時間をかければ五手詰ならなんとか解けた記憶があるが、どうやって解いていたのかさすがに忘れてしまった。

香は考えるように少し黙ってから口を開いた。

「暗記」

「暗記?」

「詰みのパターンを覚えると、ほかの問題に応用できます。『金はとどめに残せ』という将棋格言がありますよね。たとえば金将と銀将の駒を使う三手詰の問題があったら、金将は最後に使う駒だろうと推測できます。もちろん、金将を先に使う場合もありますが」

香は本棚から問題集を取って直に渡す。

「一手詰だけで二百問掲載されています。まずこれを暗記。次は三手詰を暗記。その次は五手詰」

淡々と香は言う。

これぐらいできるよね?

そう問われた気がして直は覚悟を決めた。

「ありがとうございます。がんばります」

香は何か言いたげに口を開いたが、何も言わずに首を横に振った。気まぐれな猫みたいにふいっと行ってしまう。

アドバイスをもらえた。ってことは、挑戦者として認められた？

ふわふわと温かい気持ちが直の胸に広がり、問題集をつい撫でてしまう。

将棋入門と問題集三冊を直はカウンターに持っていく。きまじめそうな図書委員の男子生徒が訊いてきた。

「本当にこれ暗記するの？」

会話が聞こえていたらしい。直はにっこり笑ってうなずく。

「やります」

できるかどうかはわからない。でもやるしかない。


週が明けて、五月初週の月曜日。

話し声で賑わう昼休みの教室で、直は五手詰の問題集を解いていた。立花がその様子を見て「問題解くのに飽きた？」と訊いてきた。ページをめくる手が速かったから流し読みだと勘違いしたそうだ。

受験勉強ぐらい本気で暗記に取りくんだ直は、いつのまにか自力で解けるようになっていた。香が言っていた詰みのパターンを覚えたおかげだ。

「全部解いてるよ」

「まじで？　どうやって解いてる？　コツは？」

「暗記」

「暗記？　そういう地味な努力をショートカットしたいんだよ、俺は。できるかぎり努力せず強くなりたい！」

自分をよく見せようとしない発言に直はむしろ感心した。

東先輩に選んでもらった問題集だからがんばれた、と言おうかと思ったけれど、「愛の力」とまたからかわれそうで我慢。でも言いたい。言おうかな？

直が迷っているうちに立花は話を変える。

「そういえば今日、調理部が将棋部に来るんだって？」

「え、知らない」

「聞いてない？　調理部が材料費を部外からも集めているのは学校には秘密だったらしい。

生徒間の金銭トラブルを防止するため、部活で集めるお金はいつ誰がいくら払ったかがわかる書類を作るんだって。でもそんなのめんどうだろ？」

初耳だ。調理部では材料費を月末に支払うことになっているが、それがどんなふうに管理されているかまでは知らない。

「将棋部の清水先輩が調理部の部長さんに財布ごと渡そうとしたカツアゲみたいな現場を先生に見られたとき、『コラボ企画やる』と言い訳したみたい」

「コラボ企画？」

「詳しいことはお前の先輩に訊いて。俺もよく知らないから」

たしかに調理部のことは調理部の先輩に訊くべきだ。

放課後の調理室でようやく、直は柊部長からコラボ企画について聞けた。

「今日は将棋部とのコラボ企画です。一年生は初めてだけど、過去には和菓子を茶道部のお茶席で使ってもらったり、漫画飯を再現して美術部からコメントをもらったことがあるの。調理部にも高校生向けのコンテストはあるけれど、うちは最初から目指さない。食品に関する学科のある高校に勝てる気がしないから。つまり活動実績として書きやすい部活間交流がコラボ企画」

直を含めた一年生たちから「へえ」「おもしろそう」という声が上がる。

急遽決まった実習日だが、ずれることがあると四月に聞いていたからか、不満を言う人はいない。しいて言えば調理部顧問の視線がこわい。

今日の実習はアイスボックスクッキーだ。将棋の駒の形に似せて作る。柔らかいクッキー生地を冷蔵庫で冷やすことでさくほろ食感になる。生地は定番のプレーン、ココア、アーモンド、そして挑戦枠にちりめん山椒（さんしょう）。対局中に食べたいクッキーは甘いかしょっぱいか、将棋部員たちに投票で決めてもらう。

寺内（てらうち）副部長が眉をひそめた。

「将棋の駒の形って五角形なの？　え、めんどくさい」

「三角形でもいいと思いますよ」

そう言って直はスマホで『棋譜（きふ）　三角』と検索して見せる。

「棋譜は対局手順を記録したものです。この通り、先に指す人を黒い三角（▲）、あとに指す人を白い三角（△）で表すんです」

三角形でいいかという流れを柊部長がとめた。

「五角形で。将棋のルールを知らなくても五角形のクッキーだと駒っぽいシルエットになるけど、棋譜と言われても初心者には伝わらない。ここはこだわるべき」

説得された調理部員たちはクッキー生地をそれぞれ棒状にしたあと、五角柱に成形した。

冷蔵庫で生地を冷やす間に洗い物をすませ、オーブンを予熱する。冷えて扱いやすくなった生地は包丁で輪切り。一個ずつ微調整してオーブンシートに並べる。

クッキーが焼けるのを待つ間、また洗いものと仕上げの準備。

「直くん。チョコペンで『王将』と書こうかと思ったけど、『玉将(ぎょくしょう)』という駒もあるの？どういう違い？」

柊部長に尋ねられて直は答える。

「王将と玉将は同じ役職です。目上の人や段位が上の人が王将を使って、下の人が玉将を使います。そう聞くと、王将と区別するために玉将が生まれたように感じますが、出土した最古の駒には王将がなく、玉将だけだったことから玉将が先らしいです」

調理部員たちが「さすが」と感心したように相槌(あいづち)を打つ。

柊部長がさらに訊いた。

「じゃあ将棋番組を観たとき、王将の駒をどっちが持ってるかで強さがわかるんだね？」

「そうです。将棋観戦についてなら将棋部の清水先輩が詳しいかもしれません」

清水の名前が出た途端、三年生たちが「清水ねえ」「いいやつだけどねえ」とつぶやく。

「力自慢で面倒見がよくて、男から人気がある男代表」

「女子人気はないけど」

「隠れファンはいるらしいけど、隠れたまま卒業を迎えそう」

好き放題に言われている。直が「いい人ですよ」とかばったら「いい人どまりのタイプね」と言いかえされてしまう。しかも柊部長までうなずいていた。どうやら清水の片思いらしい。

クッキーが焼きあがると、ちりめん山椒は独特のにおいがする。お菓子じゃなく、おかずのにおい。直を含め、試食した調理部員たちの感想は「えびせんべいに近い？」だった。プレーンの生地にちりめん山椒を練りこんだだけなので、ピリリとした山椒を活かす工夫ができたらよかった。

定番のプレーン、ココア、アーモンドはよくも悪くも予想通り。安定感のある王道の味は、あとを引くおいしさ。

クッキーを冷ましたあと、チョコペンで『王将』『玉将』と書いて、差し入れ用の大皿と撮影用の小皿にクッキーを盛りつける。

柊部長がみんなを見まわした。

「私と副部長と写真担当のゆづきちゃんと、あと一人？　あまり多くても迷惑だろうから、誰か将棋部に一緒に行ってくれる人いる？」

ゆづきちゃんこと高杉は調理部唯一の二年生。おしゃべり好きな三年生に比べて無口。

前髪の長いショートボブで、直と同じぐらいの身長だが自信なさそうにうつむいているから小さく感じる。次期部長候補としては頼りないが料理の写真がとにかくうまい。まるでグルメ雑誌の表紙みたいな出来栄えなのだ。

直は荷物運びに立候補した。両手に大皿を載せたバランス感覚を部員たちから褒められる。やっててよかった、家業の手伝い。

四人で調理室から出て作法室に向かう。柊部長が苦笑した。

「今日が火曜日だったら、荷物運びの立候補者が殺到しただろうにね」

「将棋部コーチの一ノ瀬さんが来る日だから？　それはない」

寺内副部長はきっぱりそう言ったあと、直を見てにやりと笑う。

「あんたは今日でよかったね。一ノ瀬さんと会ったら交際対局なんて言ってられなくなる」

「どういう意味ですか？」

「やめなよ」

直が尋ねたのと柊部長がいさめたのはほぼ同時だ。ゴシップ好きの血がさわぐのか、寺内副部長は「知っておくべき」と続ける。

「去年優勝した東さんは学校から二連覇を期待されて指導者を求めた。将棋部顧問は将棋経験がない人だったからね。そこで児童館でボランティア指導をし、全国出場経験がある大学生が選ばれた。東さんが通っていた子ども将棋教室の仲間だったらしいよ」

「ボランティア精神があって将棋も強いんですか。いい人が見つかってよかった」

自分事のように直は喜ぶ。わかっていないと言いたげに寺内副部長は首を横に振った。

「一ノ瀬さんは顔がいい。二十歳の国立大イケメン大学生が将棋部のコーチなのに、女子部員が東さんだけなのはなぜだと思う？　近寄りがたいレベルだから。キラキラオーラを放つ少女漫画の王子様。小動物系のあんたとはジャンルが違う」

言いきられた直は真偽を確かめるため、柊部長と高杉を見た。二人とも否定してくれない。

「東さんが将棋の強い人が好きなら、一ノ瀬さんは東さんの彼氏候補第一位」

寺内副部長はそんな言葉で締めくくった。将棋が強いイケメン大学生。彼氏候補第一位。直の胸がぎゅうと締めつけられる。

すっかりお通夜ムードになった直たちが作法室に顔を出すと、将棋部員たちが歓声を上げて出迎えてくれた。清水がとくにでれでれである。

直が将棋部員たちに大皿を回そうとすると、立花が手のひらを向けて拒否した。

「俺は女子からもらいたい。この機会を逃すと二度とないから」

悲しい宣言をした立花とは逆に、女子から受けとることが照れくさい男子部員は直に集まる。香はといえば、柊部長から受けとっていた。直は香の反応が見たかったが「これ何味？」「こっちは甘いの？」と話しかけてくる将棋部員たちの対応で見逃した。

全員に全種類がいきわたったあと、甘い派かしょっぱい派か挙手してもらうと、なんとちょうど半々。平和的な結果なのはたまたまではなく、おそらく調理部に気を遣ったのだろう。

和やかな写真撮影をおえ、調理部四人は作法室を出る。クッキーの欠片さえ残っていない皿を持った直は柊部長に訊いた。

「東先輩はどんな反応してました？」

「おいしそうに食べてくれたよ。駒の形を褒めてた」

「部長が言う通り、五角形にしてよかったですね」

「棋譜の三角形にしようかという案もあったって言ったらね、『将棋が好きな人ですね。話してみたいです』なんて言うから『あなたに挑みに行く子だよ』と教えてあげた」

こんな顔してた、と柊部長が再現した顔はしかめ面。その顔が簡単に思いうかんでしまって直は苦笑した。詰将棋の問題集を選んでくれたが、交際対局に挑むこと自体は今も歓迎していないらしい。

翌日、詰将棋テスト日なのに直は頭がぼーっとしている。

「勉強がんばりすぎた？　三番勝負のまだ二局目なのに燃えつきちゃった？」

教室で立花に言われたがそうかもしれない。昨夜は部誌の過去問や問題集を解いたせいか頭が妙に冴え、なかなか寝つけなかった。

放課後、直は立花に背中を押されながら作法室に行く。長机を一台出して、直と立花は並んで座った。小テストさながら問題用紙と解答用紙が清水から配られる。

「制限時間は三十分。点数をより多く取ったほうが勝ち。解答用紙を鈴木と立花が交換して採点する。はい、はじめ」

直はまず名前を書いて問題を見る。一手詰が五問、三手詰が三問、五手詰が一問、そしてなんと出題範囲外である七手詰が一問。立花もそれに気づいたようで隣で息をのむ。

七手詰は放っておこうかと直は思ったが、部誌の掲載問題と同じだと気づいた。予習していれば解答できる、ひねくれたサービス問題だ。記憶を引っぱりだして、まず七手詰を埋めた。そして一問目から順調に解答したが、六問目の三手詰で手がとまる。

この出題だと詰まない気がする。ほかの問題を埋めて六問目に戻る。やっぱり詰まない。

誤植？　いや、誤植よりも自分を疑うべき。何か見逃しているはずだ。

両肘をついて直がうつむいた姿勢で考えこんでいると、作法室の引き戸が静かに開いた。

「あ」

そうつぶやいた清水が立ちあがろうとしたのか、畳がきしむ。「座ってて」と穏やかな声がとどめる。

「詰将棋のテストをやってると聞いて気になって。問題を見せてもらっていい？」

将棋部員が来たのかと直は思ったが、前を通った香水のような甘い香りにつられて顔を上げると、二十歳前後のきれいな男性がいた。

──キラキラオーラを放つ少女漫画の王子様。小動物系のあんたとはジャンルが違う。

コーチの一ノ瀬さんだ。直はそう直感した。

卵型の小顔で垂れ目、清潔感のあるセンター分けの髪型で、女性向けコスメモデルに採用されそうな甘い顔立ち。すらりと長身で肩幅もあり、ジャケットとスラックスという、学校にいる大人としては一般的な服装だが目を引く。

ジャンルが違う、という評価さえ、直はすごく腑に落ちる。ここまで違うと嫉妬心さえ湧かない。

コーチの前だからか、清水は姿勢を正して正座になっている。一ノ瀬は直の視線に気づくと丸眼鏡の奥の垂れ目を細めて、ごめんね、と息を込めずに唇の形だけで言った。彼は清水から渡された問題用紙を持って窓際へと移動する。直と立花の気が散らないよう、配慮したんだろう。

一ノ瀬が気になったが、あと一問が解けていない直は問題用紙に視線を落とす。隣の立花がすごい勢いでシャーペンを走らせはじめた。しゃっしゃっという音は絵でも描いてそうだ。このタイミングで描きはじめたあたり、モデルは一ノ瀬だろう。

一ノ瀬が言った。

「この六問目、おかしくない？」

その途端、直と立花は顔を上げて清水を見る。清水は一ノ瀬のそばに行ってひそひそ声で言いあい、ほどなく告げた。

「悪い、六問目は出題ミスだ。立花、合格点は四点にする。解答時間は残り五分。絵を描く余裕があるならもういいだろ」

清水の言葉で直は慌てて解答用紙を見直す。

五分後、解答用紙を交換して採点したら直は九点で、立花は四点だった。

直の勝ちだが素直に喜べない。六問目の誤植は直も疑った。それを指摘できなかったのは自信のなさからだ。一ノ瀬は指摘した。自信があるからだ。

「三番勝負の最後は本将棋での対局だ。立花は鈴木にリベンジできるぞ」

清水の話に一ノ瀬が割りこむ。

「それやりたい。二人と対局したい」

「つまり『多面指し』ですか？」

清水が問う。多面指しは将棋盤を複数枚並べ、一人が複数人相手に同時に対局する。

「駒落ちでいいよ。えっと立花くんは一手詰ができるんだね。駒の動きは覚えてるみたいだし、十枚落ちにしようか」

解答用紙の名前を見ながら一ノ瀬が言う。ハンデありの対局が駒落ちだ。十枚落ちとはこの場合、一ノ瀬の駒が十枚少ない状態で立花と対局することを意味する。

一ノ瀬は続いて直の解答用紙を見た。

「鈴木……ほかにも鈴木くんいるから名前でいいかな？　『すぐ』くんは二枚落ちで」

王将に次いで価値の高い飛車と角行がないハンデが二枚落ちだ。

すぐ。世界でたった一人、香しか呼ばないあだ名で呼ばれ、直はとっさに反応できなかった。立花がおずおずと「こいつは『なお』っす」と訂正する。

「ああ、ごめん。棋譜の表記に引っぱられてつい」

一ノ瀬は苦笑した。棋譜は対局の手順をしめしたものだ。同じマス目に同じ種類の駒が二枚以上動ける場合、たとえば六方向に一マス動ける金将が横に三枚並んだとき、その動きに応じて『右』『直』『左』と書きわける。駒を直進させる動きが『直』だ。

その知識は、直の名前の漢字を知った香が教えてくれた。

「まっすぐに進む仲間だね」

香の名前の由来である香車は前方に何マスも進めるが、後退はできない。直の家族は将棋を指さないので偶然だが、彼女に仲間と言われるのはうれしかった。

それ以来、すぐという名前のキャラクターが悪役だったらちょっと嫌な気持ちになってしまうぐらい愛着がある。

「鈴木に二枚落ちはまだ早いですよ」

清水が言うと、一ノ瀬は首をかしげた。

「東さんに挑む予定だと聞いたよ？　彼女はハンデなしの勝負しか受けないのに、二枚落ちにひるんでいるようで勝てるの？」

穏やかな口ぶりだが不穏なものを感じる。

今日会ったばかりなのになぜ敵意を向けられるのか？　答えは簡単だ。一ノ瀬は香と子ども将棋教室仲間。直は彼の幼なじみに交際対局を挑む男だから警戒される。

「やります。二枚落ちでやらせてください」

覚悟を決めて直は言った。自分でも情けないが負けると思う。寺内副部長いわく、香の彼氏候補第一位。負けるならせめて正面から戦って負けたい。

一ノ瀬の唇が柔らかな弧を描く。

「準備もしたいだろうし、地方予選がおわった再来週にでも、と思ったけど中間考査はいつ？」

問われた清水が「今月の最終週ですね。一週間前は部活禁止です」と応じる。

「いっそ来月、六月の頭にしようか。約一か月後、テスト明けの火曜日。そのほうが気も楽だよね？」

一ノ瀬の提案に直と立花は大きくうなずく。準備期間が長いのはありがたいし、入学後初の中間考査も大事だ。直は授業をまじめに受けているが、ここ最近は将棋漬けだった。

「みんなのところに戻るね。対局できるのを楽しみにしてるよ」

一ノ瀬が出ていったあと、立花はうつむいてシャーペンを走らせる。日程でもメモしているのかと直は思ったが、問題用紙の片隅に落書きしていた。丸眼鏡をかけた九頭身で九尾の狐の足元に二頭身のチワワを描きたしている。たぶんチワワが直で、狐が一ノ瀬である。立花だってその狐と対局するのにのんきなものだ。

「さてどうするか」

清水が天井を見上げてうなる。

「駒落ちでの戦いかたは二つ。『得意戦法』か『駒落ち定跡』だ」

「専門用語の難易度を下げてください！」

立花は落書きする手をとめないまま言う。そのシャーペンを取りあげて清水が言った。

「戦法は戦いかた。大きくわけると二通りある。居飛車と振り飛車。今は覚えなくていい。あるんだと思えばいい。『定跡』は駒組みの最善の手順。同じマス目に駒を動かすにしても効率的なルートがある。駒落ち定跡は駒落ち用の定跡」

「つまりハンデなしの平手での戦いかたと、ハンデありの駒落ちに特化した戦いかたがあるということですか？」

駒落ち経験のない直が問えば、清水が「それだ」と大きくうなずいた。

「鈴木はブランクがあるし、立花は実戦経験がない。初心者向けの戦法を覚えてもいいが、まずは駒落ち定跡を学んでみろ。損はない。ここが将棋の難しさの第二関門」

人さし指と中指を立て、清水は重々しい口調で続ける。

「戦法や定跡を学んでもなかなか勝てない。初心者が覚えることなんて将棋経験者は知っているからだ。アプリのおかげで対局のハードルが下がっても、勝てなくて飽きた人間を何人も見てきた。鈴木が一勝もせずに一年近く将棋を続けたのが信じられない。お前の根気強さには期待したい。対人戦での経験を積むべきだが……、大会前の将棋部員たちに練習相手をさせられない。次が引退試合の三年もいる」

清水の葛藤を知り、直は心から感謝した。アドバイスしてくれて、テスト問題まで作ってくれた。それだけでも十分、破格の待遇だ。

「ここまで付きあってくれてありがとうございます。あとは自分でがんばります」

「……スマホよこせ」

財布出せとカツアゲでもしそうなオーラを清水は放つ。感動がひゅんと引っこむ。直はおずおずとスマホを渡した。連絡先を登録され、URLが次々と送られてくる。

「コンピューターと駒落ち対局できる将棋アプリがこれ。初心者向けの解説動画も送った」

清水にお礼を言ってわかれたあとも、直のスマホは通知が鳴りっぱなし。夜中にはリストが届いた。

『将棋部員以外で将棋を指せる生徒を見つけた』

学年とクラス別にずらっと並んだ名前は四十人近い。将棋ブームとはいえ結構いる。学校内で流行ったのかな、と思ってから直は気づいた。

交際対局だ。

美少女と付きあえる可能性に賭け、将棋を覚えた生徒だっているだろう。そういえば清水は交際対局の記録係をしていた。直はよぎった疑問をメッセージで送る。

『もしかして東先輩に挑んだ人たちですか?』

『そうだ。反則負けしたやつと卒業生は入れていない』

『いいんですか、部外者にリストを見せて』

『挑戦者の顔ぶれなんて、ほかの生徒もある程度知ってる。廊下に並んだり結果を吹聴したんだ。どうせ断られるだろうが声だけでもかけてみろ。二重丸つけたやつが相手してくれそうな人物だ』

二重丸の候補者のなかに一人だけ、直が知っている名前がある。生徒会長の八乙女(やおとめ)だ。彼の名前があるのが意外だった。生徒会ならば交際対局という噂に乗っかるのではなく、とめる立場だろう。まあ生徒会長になる前のことかもしれない。

準備期間が約一か月あるので、ひとまず一週間は初心者向けの動画を観て、将棋アプリでの駒落ち対局に力を入れた。

まずは十枚落ちから。勝つたびに八枚、六枚、四枚、そして二枚とハンデを減らしていく。動画で学んだことを実践でやれるとすごくうれしい。

小学生の直の失敗は難しい本ばかり読んでいたこと。今回はむしろ子ども向けにかみくだかれた情報にも触れ、しっかり基礎を身につける。自分の弱さに謙虚になったことが今の直の強みだ。

「二枚落ちの駒落ち定跡は『銀多伝』がいいと思う。名前がかっこいいから」

昼休みの教室で、駒落ち定跡の本を読む直に立花が言った。

二枚落ちの駒落ち定跡は二つ。『二歩突っ切り定跡』と『銀多伝定跡』。

攻撃の要となる飛車を序盤、初期配置のまま戦うことを『居飛車』と言い、飛車を横に動かして戦うことを『振り飛車』と言う。おおまかにいえば居飛車は自ら攻撃するタイプ、振り飛車はカウンタータイプ。二歩突っ切り定跡は居飛車、銀多伝定跡は振り飛車が使う。

「かっこいいのはいいんだけど、居飛車のほうがやりやすいから二歩突っ切り定跡かな」

直はそう答えたが、両者の違いはまだよくわかっていない。今の直はたとえるならば、行ったことがない場所の地名と特産物を知った状態。地図を見たり紹介動画を観たり現地に訪れて知識が深まるように、将棋も実戦経験が大事だ。

そしていよいよ直はリストを使う。持ちはこびできる将棋セットも買った。二つ折りになる将棋盤は、プラスチックの駒の収納スペースを兼ねている。

昼休み、直はおにぎりで手早く腹ごしらえしたあと、生徒会室に向かう。

五月らしい陽気だからか引き戸は開いていた。備品が詰まった棚に囲まれた手狭な部屋で、八乙女が書類をチェックしている。

「すみません、今いいですか？」

直が声をかけると、八乙女が顔を上げた。額の出た短髪で恰幅がよく、凛々しい雰囲気。第一ボタンまで留めたシャツが窮屈そうだ。この見た目で乙女という名とのギャップで、接点のない三年生の顔と名前を覚えていた。

「いいよ、何？」

「一年の鈴木です。もしよかったら将棋を指してもらえませんか？」

三番勝負とか回りくどい説明はやめて直球を投げる。八乙女は一瞬きょとんとしたが、すぐそばの丸椅子を引いて「やろうか」と大口を開けて笑った。

「いいんですか？」

快諾すぎて拍子抜けした。

「聞いてたんだ。将棋部の東さんに挑戦する一年生がいるって。三番勝負だっけ？」

「そこまで知られてるんですか……」

なんだかこわい。噂は大げさに伝わるものだ。しかしそのおかげで対局してもらえるから複雑だ。

「二枚落ちでお願いしてもいいですか？　三番勝負の最終局がその条件なんです」

「なるほど。お手やわらかに。初段を取ったのは中三で、駒に触ること自体久しぶりなんだ」

対局中は私語をしないのがマナーだが、八乙女は「三番勝負なんて条件つけられたやつは初めてだよ」と話しかけてくる。

「東さんとは昔からの知りあいらしいね？」

「小学生のとき、将棋を教えてもらいました」

「恩返しをしたいんだ？」

将棋界隈では、弟子が師匠に勝つことを『恩返し』と呼ぶ。

それからも探るような問いかけが続くが、初段の八乙女は駒落ち定跡をしっかり学んでいたようで、直の狙いを察して潰してくる。勝負に集中した直が質問に答えなくなったころ、八乙女が「あ、ごめん」とズボンのポケットからスマホを取りだした。

「悪いんだけど呼びだされた。俺の負けです」

そう言って八乙女はぺこりと頭を下げる。

負けを自ら認めることを『投了』と言う。つまり直の勝ちである。

将棋は逆転が多いゲームだから最後まで勝負はわからないが、内容的には直が負けていた。勝った手ごたえがまったくないまま、「ありがとうございました」と頭を下げかえす。

駒を置いた将棋盤をそのまま持ちあげて直は生徒会室から出る。まだ対局していたかった。将棋盤に並ぶ駒を見つめながら自分の教室にとぼとぼ帰った。

それ以降も対人戦での対局はうまくいかない。直の挑戦を受けてくれる人はほとんどいなかった。貴重な休み時間や放課後、知らない相手との将棋を断るのは当たり前だ。二十人以上に断られた直は、香が将棋の研究のためとはいえ、誰の挑戦でも受けてきたことがとてもすごいことに思えた。

少し意外だったこともある。香に挑戦したこと自体を忘れている生徒がいた。

それを清水に話すと、

「東に挑戦するのはちょっとしたブームだったからな。とくに全国優勝したあとは」

と、教えてくれた。

対局を予約制にしたのも記録をつけるようになったのも、挑戦のハードルを上げるためだそう。そのおかげか遊び半分の挑戦は減ったが、それでもクリスマスとかバレンタインとか、恋人が欲しくなるイベント前は対局予約が殺到したそうだ。

直の挑戦を受けてくれたのは、八乙女のように興味本位が大半、残り一握りが「王様にリベンジしてくれ」という期待からだ。

駒落ち特訓と並行し、直の入学後初めての中間考査もあった。そこそこできたと思う。調理部の先輩たちが一年生たちに声をかけ、放課後の勉強会に誘ってくれたからだ。

科目ごとに担当する先輩が違う。塾通いをしていない直は「全部不安です」と打ちあけると、柊部長が担当してくれた。図書室の開館時間内では足りず、ファミレスに移動した。

夕飯時の少し前。制服姿の学生もいれば、スーツ姿の社会人、早めの夕飯を食べる家族づれもいる。

二人掛けのテーブル席に座ったあと、「何食べようかな、ドリンクバーは頼みたいな」とメニュー表を見ながらつぶやく柊部長に直は恐縮して謝った。

「すみません。三年生だって忙しいのに僕の勉強を見てもらって」

「すみませんより、ありがとうのほうがうれしい。私たちも一年生のときに先輩に教えてもらったから調理部の伝統なんだよ。来年は直くんが新入部員に教えてあげて」

「本当にありがとうございます。柊部長も将棋部の清水先輩も面倒見がよくて優しくて尊敬します」

直がそう言ったら、柊部長は「清水くんは優しいよね」とうなずく。

「クッキー作ったとき、みんなの前で言えなかったけど、ふにゃっとした顔で笑うところがかわいい」

その笑顔を思いうかべたのか、いとおしそうにつぶやいたあと、ため息をついた。

「こんなこと言ったら調子に乗ってると思われるかもしれないけど、私がもし告白したら清水くんは付きあってくれると思う。でも……、釣った魚に餌をやらないとか言うよね？

付きあった途端、ガラリと態度が変わってしまったらと思うと、こわくて言えない」

責任重大だ。直の返答次第で先輩二人の未来が変わるかもしれない。

清水は絶対、柊部長が好きだ。誰から見ても明らかだ。だが柊部長は付きあったあとの変化を心配している。

「すみません、僕は恋愛経験が乏しいのでわからなくて。でも」

ためらいながら直は話しはじめる。将棋部での清水の様子を思いだそうとすると、香の顔まで頭をよぎる。香を好きになった当時、直は誰にも相談しなかった。からかわれたくなかったからだ。大切なことほど他人に話すのは難しい。

柊部長が話の続きをうながすように「でも?」と問う。直はテーブルの下でぎゅっとこぶしを握ってから言った。

「清水先輩の態度が変わって柊部長を悲しませたら、調理部のみんなが絶対怒ります。僕もです。柊部長にはそういう人たちがついています。そこは自信を持ってください」

柊部長は一瞬きょとんとしたあと、おかしそうに笑った。

「そっか、そうだね。どうなるかわからないことで悩んでも仕方ないね。直くんを悲しませる人がいたら私も怒るから。絶対だよ」

絶対と言いあう約束は子どもみたいだ。でも他愛のない約束がその日は心地よく感じられた。

六月になり、三番勝負第三局の放課後。

今月から夏服だが今朝はすっきりしない曇り空で、半袖だと肌寒かった。長袖シャツの生徒が多く、直と立花もそうだ。昼間は晴れたものの、今は雨を予感させる灰色の雲が空を覆う。

どんよりとした湿気をはらんだ空気のせいか、それとも対局に緊張しているせいか、直も立花も廊下を無言で歩く。その足は自然と速くなる。作法室に一番乗りで準備していると、将棋部員がぞくぞくとやってくる。

先月は文化部のインターハイである全国高等学校総合文化祭将棋部門の京都府予選があった。その結果は校内掲示板に貼りだされたので、将棋部の成績を直は知っている。個人の部、団体の部を含めて全国出場は香ただ一人。清水いわく、部員の勝率は全体的に上がったそうだ。

マイナー部活のイメージがある将棋だが高校生の大会、アマチュアの大会、親睦イベントなど出場機会は多い。次の大会を控えた生徒は引きつづき、普通教室で練習。

作法室には引退試合をおえた三年生が五人、ぞろぞろやってくる。彼らも長袖シャツだが、あとからやってきた清水は鍛えた腕が見える半袖シャツ。

そしてさすがに気になるのか、香も作法室に顔を出す。長袖カーディガン姿の彼女に気づき、直は会釈した。彼女のほうも一応会釈を返す。それでおわり。まだまだおたがいぎこちない。

将棋漬けの日々を過ごした直は、香の苦労を少しだけ想像できた。

――負けるつもりで指す人の消化試合に時間を使えません。

香がそう主張したのも当然だ。学業と将棋の両立はたいへんだから。

それに香からすれば、直こそがガラリと態度が変わった相手だろう。将棋からも香からも離れたのに今さら勝負を挑んでくる。

香には「同情はやめて」とも言われた。へんな噂を立てられた彼女への同情心はたしかにある。だが同情心だけならここまでがんばれなかった。

挑む気持ちは真剣だと証明するため、今日は将棋を指す。

将棋の対局では目上の人や上位者が『駒箱』から駒を出したり片づけたりする。下校時間があるのでそこは省略し、一ノ瀬が来る前に直と立花は駒を初期配置に並べておく。

そわそわする直に清水が言った。

「一ノ瀬さんは毎回、職員室に顔を出してからこっちに来るから、世間話の長さで早かったり遅かったりする」

一ノ瀬を待つ間、三年生と香が対局を始めている。直のそわそわが移ったのか、立花が落ちつかない様子で清水に尋ねた。

「一ノ瀬さんってどれくらい強いんすか？」

「免状を取得した段位は三段だと聞いた。三段がどれくらいかと言えば、日本将棋連盟公認の将棋普及指導員の申請資格が三段以上、女性は二段以上。つまり指導者レベル。ただ免状がないだけでもっと強いはず」

「免状って免許みたいなことですか？」

直も質問に加わる。将棋の知識が偏っているため、基本的なことを知らない。

「級位や段位の資格を得るにはいろんな方法がある。将棋会館道場や将棋連盟公認の将棋アプリで勝つとか、新聞や雑誌の認定問題に正解するとか。級位は認定状、段位が免状。認定状は印刷だが、免状は将棋連盟会長、名人、竜王、つまりトップ棋士たちが署名するため一枚一枚手書き。発行額が高いから申請資格があっても申請しない人もいる」

清水の話を聞きながら、立花がスマホでの検索結果を直に見せた。初段で三万円超え、段位が上がるごとに金額も上がる。

優勝すると大会名が称号として与えられる大会が『タイトル戦』である。名人、竜王はタイトル戦の称号だ。

「立花は最後まで集中力が続けば勝てる。鈴木は……まあがんばれ」

かわいそうなものでも見る目を清水から向けられ、直は複雑な心境でうなずく。ほどなく一ノ瀬がやってきた。

「お待たせしました」

穏やかなその声を合図に、直と立花は慌てて正座して背筋を伸ばす。一ノ瀬はまず、立花の前に正座した。脚が長いので座ると小さく感じられる。

ハンデのある駒落ちだと駒が少ないほうが先に指す。その場合、先手後手ではなく、上手(うわて)下手(したて)と言う。「お願いします」と立花に頭を下げてから、一手目を意味する『初手(しょて)』を一ノ瀬は指したあと、体の向きだけを変えるのではなく、直の正面に移動してきた。

直は一ノ瀬と目が合う。緩やかな弧を描いた唇、優しい顔つき。

「お願いします」

直が頭を下げると一ノ瀬も「お願いします」と下げかえす。爪が短く切りそろえられた長い指が駒を持ちあげ、一ノ瀬は優雅な手つきで将棋盤に置く。パチッ。小気味よい駒音。

駒の持ちかたにルールはないが、プロみたいなかっこいい持ちかたには憧(あこが)れる。小学生のときに直も練習したけれど、もう忘れた。駒を落とさないように、しかも音が鳴るように置くのは難しい。慣れた手つきは将棋を指してきた証拠。一ノ瀬はたたずまいでプレッシャーを与えてくる。

こわがるな。空気にのまれるな。そう自分に言いきかせて直は深呼吸した。

将棋の駒は二つの役割にわけられる。相手の王様を狙う攻め駒。自分の王様を守る駒。それを考えるお手本が定跡だ。

直が予習した定跡通りに一ノ瀬が指したので、直は安心して指すことができた。よしよし。そう思いながら対局が数手進み、十数手進み、そして気づく。

うまくいきすぎている。

直は目だけで一ノ瀬を見上げる。口元に笑みを浮かべた、余裕ある顔。はさみ将棋で立花が見せた真剣な面持ちとは違う。

本や解説動画で教わった成功例を対局で再現するのは難しい。相手だって勝ちたいので対策してくるからだ。しかし成功例をなぞるかのような、直に有利な展開が続く。本気を出す価値がないと言われているような感覚に襲われる。

わざと不利になるように指したらどんな反応をするか、直は気になった。だが直の目標は香との対局だ。ぐっと我慢して、勝つために指しつづける。

一ノ瀬との対局は、泥沼に足をつっこんでいくような得体の知れない気持ち悪さがあった。

「まいりました」

一ノ瀬が立花に向かって言う。直の隣に座る立花がほっとしたように肩の力を抜いた。よかった、おめでとう。本当はそう声をかけたい。「努力せず強くなりたい」と立花は言ったが、彼がちゃんと努力してきたことを直は知っている。詰将棋テストは合格点だった。だから今日だって勝てた。

祝う言葉は心のなかだけにとどめ、直は将棋盤を見つめる。

次は自分が勝つ番だ。

いつのまにか直のまわりに人が集まっている。三年生たちも対局をおえたようだ。衣擦(きぬず)れの音や咳(せき)払い。窓の外ではザーッと激しい雨が降りはじめた。

「傘持ってないや」

誰かがつぶやく。普段の生活では気にしない音を直の耳は拾う。とくんとくんと胸を打つ心臓の音さえも。ささいな刺激にさえ敏感になるぐらい頭が冴えていた。

最後まで間違えない。ミスしなければ勝てる。直は深呼吸して今までの成果を一ノ瀬にぶつける。

　やがて一ノ瀬が言った。

「まいりました」

　その途端にわっと歓声が沸いた。直は「ありがとうございます」と頭を下げたあと、一ノ瀬の顔を見た。対局前と同じ、優しい顔をしていた。


　すっかり悪役である。一ノ瀬は自分の役回りをそう理解する。多面指しはもっと早くおわるかと思っていたがねばられた。下校時間までもうすぐ。普通教室で練習中の将棋部員を見に行こうと一ノ瀬が廊下に出ると、香が追いかけてきた。

「さっきのわざとですよね？」

　不満そうに彼女は言う。わざと負けた、と言いたいのだろう。

「コーチで来てるんだよ？　初心者の心を折らないよう、よしよしぐらいしてあげるよ」

　一ノ瀬が香と出会ったのは十年前。子ども将棋教室に通う生徒同士。将棋が強いうえ、香はかわいいから目立ったが一ノ瀬も顔がいい自覚があり、ちやほやされて育っているので、あまり興味がなかった。

　香と話すようになったのは八年前、一ノ瀬の七歳下の妹が将棋を覚えたあとだ。センスがあるのになまけ癖もある妹は、兄に負けても悔しがらない。だから香に対局を頼んだ。一ノ瀬が知るなかで一番強い女の子が香で、比較的年齢が近い同性に負けたら刺激になると思ったからだ。

香は妹の駒を全部取った。つまり全駒で勝った。それが妹に火をつけた。妹は香相手に全駒をやり返すほど成長し、今は中学校に通いながら棋士を目指している。

母校でもない高校でのコーチを一ノ瀬が引きうけた理由は、妹の可能性を開花させてくれた香へのお礼だ。

「さっき対局した小さい子の名前、すぐくんだっけ？」

「なおです」

「いや、きみは彼を『すぐ』と呼んでいたよ。四、五年前かな？　対局前に思いだした。胡桃に通ってた子だよね？」

一ノ瀬の妹は香に懐いて、なんでも香のマネをしたがった。得意戦法、髪型、洋服、好きな食べもの。香の祖父が経営する将棋喫茶胡桃にも通った。

一ノ瀬が妹の忘れた傘を受けとるために胡桃に行ったら、香がテーブル席で小柄な少年と向かいあって座っていた。テーブルいっぱいに料理が並んでいる。

「すぐは集中力がない。細くて体力がないから疲れやすいんだよ。もっと食べて」

心配性のお姉ちゃんみたいな口ぶりだった。香が一人っ子だと知らなかったら、きょうだいだと思っただろう。

話し好きな常連客いわく、少年は香のお気に入りだそうだ。将棋はまだまだ弱いけれど、ひたむきで素直な性格らしい。対局してみたいと一ノ瀬は思ったが、仲良さそうな二人の時間を邪魔するのは大人げないから声はかけなかった。

それからしばらくしたあと、少年が胡桃通いをやめたと聞いた。香が誰に対しても敬語を使うようになったのはそのころだ。

丁寧と言えば聞こえはいいが、幼なじみの一ノ瀬にまでそうする。これ以上入ってくるなと線を引くみたいに。

何かあったことはわかったが、四年前は声をかけられなかった。中学生と小学生の仲たがいに高校生が口を出すのはおかしいと思ったから。

でも今は将棋部のコーチだ。職権乱用をしてやる。

一ノ瀬は直の正体に気づく前、香に下心を抱くやつを蹴散らそうと思っていた。だが直の正体に気づき、彼を香の前につれていくと決めた。

一人で生きてます、みたいな涼しい顔をしている香を変えたくて。

一ノ瀬には指導者としてプライドがあった。自分の反則負けにはしたくない。

どうか勝ってくれますように、と一ノ瀬は祈る気持ちで直と対局した。

直は基本に忠実でまじめ。定跡をちゃんと予習する、生徒として優秀なタイプだ。

一ノ瀬は思わず笑みがこぼれた。口さがのない大学の友人が「うさんくさい」と言う愛想笑いではなく、口角が自然と上がる。

こんなに育てがいがある子は誰だって夢中になる。香もそうだったから世話を焼いたのだ。香がいらないなら自分が育てたい。どこまで伸びるか見てみたい。

一ノ瀬は香に向かって言った。

「すぐくんは伸びしろあると思うよ」

すると香は眉をひそめ、嫌そうな顔で言った。

「言われなくても知ってます」

私こそが一番の理解者だ、とでも言いたげだ。なんだ、今も彼が大切なのか。一ノ瀬は笑いだしそうになったのを隠すため、小さく咳払いをした。

「対局日を決めておいでよ。一人で戻るのが気まずいなら一緒に行ってあげようか？」

「結構です。ご指導ありがとうございました」

軽く頭を下げた香が作法室へと戻っていく。その後ろ姿は颯爽(さっそう)としている。

早く仲直りしなよ、と一ノ瀬は声をかけようかと思ったが、子ども扱いするなと怒られそうだからやめた。子どもは子ども扱いを嫌うから。

三章　進路

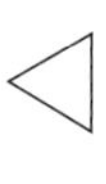

「あれ、どうしたの？」
うどん処きざみに訪れる常連客たちがそう言って壁を指さす。六月の新商品かのように直の詰将棋テストの解答用紙が貼りだされている。子どもが描いた家族の似顔絵ならばほほ笑ましいだろうが、短冊メニューに並んだそれは違和感でしかない。

　ことの発端は詰将棋テストの翌朝にさかのぼる。

　寝ぐせ頭の直がスマホで将棋解説動画を再生しながら弁当を作っていると母に訊かれた。

「詰将棋だっけ？　その勉強はどう？」

「テストがおわったから今は対局の勉強」

「テスト？　どんな内容？」

　直は問題と解答用紙を母に見せた。家族で一番小柄な母は童顔で、観光客からよく道を尋ねられるぐらいには優しそうだが「学校の勉強もがんばって」と一言多い。

「お義父さんとお義母さんにも見せていい？」

と、言われたから預けた。自慢するほどの成績ではないと思ったけれど、まあ身内にならら見せてもいいかなとは思った。

だからいつのまにか店に貼りだされていたのを見つけたとき、もちろん直は嫌だった。発案者は姉である。

「あたしが接客してやってるのに『最近三代目を見かけない、さみしい』って言うお客さんに、今は将棋がんばってると説明しやすいから」

三代目とは直のことだ。店を継ぐとはまだ決めていないが、直の成長を見守ってきた常連客たちの親しみを込めた呼び名だとわかっているので、好きに呼んでもらっている。

姉の言いぶんはもっともらしく聞こえるが「接客してやってる」と言っているあたり、直への嫌がらせである。解答用紙を壁からはがそうとしたら、姉が嫌味を言うので仕方なくそのまま。

六月中旬。日曜日だが朝から雨が降りつづいたせいで、昼下がりの店内はお客さんが少ない。肌寒いからか看板商品のきざみうどんがよく出る。観光客で賑わう日はさっさと会計するお客さんも、今日は食事をおえてもまったり過ごす。

「ねえ、三代目。京都で将棋の強い女の子、なんて言ったっけ」

テーブルを拭いていた直にそんな質問が飛んだ。観光客向けにレンタル着物の着付けをしているお姉さんで、今日みたいな日は閑古鳥が鳴くらしい。トンボ玉のついたかんざしを挿した頭を掻きながら「すごくかわいい子。うちの広報モデルになってほしいぐらい」とヒントを増やす。

「東香先輩ですか?」

直が知るなかで一番将棋が強くて着物が似合いそうな女性の名前をあげたら、お姉さんは首をかしげる。

「うーん、そういう名前じゃなくて、なんとか子ちゃん? お兄ちゃんも将棋が強くて夕方のニュースで観た」

せめて年齢がわかればいいのだが、それすら覚えていないらしかった。結局答えが出ないまま、お姉さんが帰ったあともなんとなく気になる。

翌日、直は高校の昼休みに立花にその話をした。立花はふんふんと相槌を打っていたが、ハッとして言った。

「なんとか子ちゃん? お兄ちゃんも強いってそれ、一ノ瀬静子じゃない?」

「一ノ瀬って、この間対局した人がお兄さん?」

「そう。『コーチって言っても俺らに負けてるんだからそんな強くないすね』って言ったら、清水先輩だけじゃなく、優しい先輩にさえ怒られた。指導が目的だから本気じゃないって。将棋部の先輩たちみんな、一ノ瀬さんに感謝してるみたい。受験勉強の相談までのってくれるいい人。あんなにもモテそうな人がデートより、自分たちの指導に時間を割いてくれるのがありがたいんだって」

将棋部員ではない直との対局さえ、手心が加えられた。一ノ瀬を香の彼氏候補第一位として挑んだぶん、複雑な心境だ。力士が子どもに押されてわざとひっくり返ってあげたみたいな力量の差があった。

立花が続ける。

「で、妹さんの話も聞いた。中一で奨励会初段。中学生棋士、そして女性初の棋士を期待されてる」

将棋のプロは棋士と女流棋士である。女性の棋士が女流棋士だと間違えられやすいが、棋士と女流棋士は違う職種だ。

日本将棋連盟の『奨励会』で四段に昇段すれば棋士。プロ編入試験もあるが、棋士を目指す人の多くは奨励会に入る。

半年単位での三段リーグの上位二名だけが四段になる狭き門。満二十六歳の誕生日を含むリーグ終了までに四段になれなかったら退会という年齢制限がある。三段リーグで勝ちこせば在籍の延長ができるが、それでも満二十九歳のリーグ終了時で退会。

女流棋士は棋士よりもあとにできた。棋士は性別を問わないが女流棋士は女性のみ。複数ある昇級規定のうち、奨励会6級で退会したあと規定期間内に申請すれば女流2級の資格を得ることから、奨励会入会に最低限必要な実力が女流棋士には求められる。

そして女流棋士になるには日本将棋連盟以外に、日本女子プロ将棋協会に所属する道もある。規定内容が異なり、年齢制限は申請日における満年齢が四十歳未満。

立花はスマホを取りだした。

「妹さんについて調べてみたら逸話がおもしろくて描いた。まだラフ段階だけど」

イラストソフトを起動させて、立花いわく「ラフ」を見せてくる。これで完成ではないとは信じられない描きこみとクオリティーだ。

香を八頭身の美少女、一ノ瀬を九頭身の九尾の狐、直を二頭身のチワワとして描いた立花は、静子を一頭身でつり目のハムスターにした。かわいらしいタッチなのに、こん棒を両手に構えている。

「将棋界で注目される人はたいてい二つ名がつく。○○流とか、盤上の○○とか。小さな子が大人を打ちまかすうえ、京都出身だから『盤上の牛若丸』とファンが呼んだ時期もあったんだけど、本人が『唯一無二の伝説になるから他人の名前で呼ばないで』と言ったらしい。そこから『伝説流』と呼ばれてる」

立花は説明しながらスクロールさせた。縦長のイラストはストーリー仕立て。こん棒で大きな黒い影を殴りつける躍動感のあるハムスター、そして『伝説流』と迫力ある文字を背負ったハムスターの横顔は勇ましい。

直はこん棒を指さす。

「こん棒を持たせたのはなんで？」

「定跡(じょうせき)から外れて殴りあうスタイルが好きらしいから。その戦いっぷりを思わず人に語りたくなるところも含めて伝説だそう」

いきいきと楽しそうに立花は語る。直はイラストをじっと見つめてから言った。

「これ、ほぼ漫画だよね？」

「え？」

「スマホで読む縦スクロールの漫画みたい。漫画を完成させたことがないと言ってたけど、ちゃんとできてる」

「いやいや俺が言う漫画は絵の構成じゃなくて、独創的な世界観で、魅力的なキャラクターが活躍するやつ」

「特徴をとらえた魅力的なキャラクターが活躍してる。それに将棋は独自の世界観があるゲームだ」

立花は納得できないらしく「いやでも」と首をかしげる。直は言いつのった。

「僕は将棋をやめたとき、なぜやめたのか訊かれたくなかった。ほっといてほしかった。立花はやめたわけじゃないから立場は違うけど、……おせっかいだと思うけど、納得いく漫画を完成させてみなよ。知りあいにがっかりされるのがこわいなら、むしろ持ちこみとかしたらいいと思う。もし悪く言われたらいくらでも話は聞くし、そいつの見る目がないだけだって何回でも言うから」

ここまで踏みこんだ話をするのは初めてだ。自分がされて嫌だったことをするつもりもなかったが、考えを変えたのは気になる話を聞いたからだ。

先月、絵の具で汚れたエプロンをつけた男子生徒から直は声をかけられた。

「将棋の相手を探してるんだって？　対局中をスケッチしていいならやるよ」

彼は美術部部長だと名乗った。へんな提案だと思ったが、十人連続で断られたタイミングだったのでその条件をのんだ。

美術室で部長と直は将棋盤を挟んで向かいあい、数人の美術部員たちがまわりを囲む。見られている緊張感のせいなんて言い訳だが直が負けた。それ以来、モデルしながら対局する謎の交流が始まった。

スケッチには参加せず、美術室の隅で漫画を読み、パーカーのフードを被った女子生徒に直は気づく。美術部員たちとは親しそうだがマイペースに過ごしていた。

彼女が帰ったあと、「さっきの人はスケッチしないんですか？」と直が部長に尋ねたら、美術部ではなく漫研だと教えられた。今年は新入会員が確保できず、それまで使っていた部室をほかの部に取られたそうだ。

「去年、部誌のサンプルをネットに載せたら『おもしろかったですぅ、一緒に漫画の話をしたくてぇ、志望校を変えちゃいましたぁ』と熱烈なメッセージをもらえたらしい。一万人フォロワーがいる絵がうまい人で、これで漫研も安泰だねって言ってたんだけど」

おもしろかったですぅ、のくだりは女子をイメージした裏声だった。でも直は立花の顔がよぎった。一万人フォロワーがいて、漫研の漫画に興味があり、絵がうまい一年生は何人もいないだろうが一応尋ねた。

「メッセージをくれた人は漫研に入らなかったんですか？」

「それどころか、入学したかさえ不明」

「連絡先はわかってますよね？　合否の確認はしなかったんですか？」

「いや訊きづらいだろ？　不合格だったかもしれない相手に『受験の結果はどうでした？』なんて」

悲しいすれ違いだ。立花は漫画を完成させたことがないコンプレックスから漫研に入らなかったのに。実は両想いなのに片思いだと勘違いしたラブコメみたいでじれったい。

責任を感じてほしくないので、部室を追われた漫研の現在について直は話さない。

立花は目を丸くして言った。

「鈴木って案外、友情にあついんだな」

「案外は余計」

「持ちこみかあ。考えとく」

あまり気乗りしないように言ってから、立花は急にまじめな顔で言った。

「本当に何回でも励ましてくれる？　百回でも二百回でも？」

「三百回でもいい」

「五百回でも？」

「千回でも一万回でも」

直は深くうなずいた。

「……一万回、信じるよ。その熱意で東先輩と対局する約束までしたんだから」

香との対局は彼女の希望で、八月上旬に開催される全国大会以降になった。二連覇がかかり、さすがにプレッシャーがあるらしい。

「対局日程を決めるのも大会のあとでいいですか？」

香に尋ねられ、直はうなずいた。香に嫌がらせをする人と対局させたくないことが直の挑戦動機だから拒否する理由がない。

「東への挑戦希望者が新たに現れたら先約がいると断る」

清水がそう言ってから「いつもの条件でいいのか？」と香に訊いた。

「私が対局を受ける条件は、持ち時間十分切れ負けです」

持ち時間は制限時間のことだ。合計時間が十分ではなく一人十分、二人で二十分。この条件だと、十分すぎたら時間切れ負けになる。

つまり制限時間内に勝つか、相手を時間切れに追いこめば勝つ。

香との対局はハンデなしの平手だし、持ち時間がある対局に慣れるという課題はあるが、対局日程が確定していないぶん、少し息抜きというか、まわりを気にする余裕もできた。

一万回励ますのはさすがに比喩だが、立花の漫画は読んでみたい。

立花がふと、廊下のほうを見てつぶやく。

「さっきから実は気になってたんだけど、あの人、調理部の先輩じゃない？　用があるなら声をかけてくるだろうと思ってほっといたんだが、ずっと一人で廊下にいる。……俺だけに見える存在じゃないよな？」

直が振りむくと高杉がいた。調理部唯一の二年生の彼女は控えめな性格だ。次期部長候補だがいつも受け身で、自分からコミュニケーションを取ろうとしない。

ほかの生徒が夏服のなか、高杉は冬を引きずるようにジャケットの下にカーディガンまで着こんでいる。ショートボブの長い前髪が目元に影を落とす。彼女がいるところだけ、なぜか暗い気もする。「俺だけに見える存在」なんて立花が言いたいことはわかってしまうが「失礼だろ」と直は鋭い声でたしなめる。

直が廊下に出ると、高杉は思いつめたような表情で「い」と言った。

「なぉ、くん。いま、いいですか」

直は調理部員たちから名前で呼ばれているが、高杉から呼ばれたのは初めてだ。顔を真っ赤にした、とぎれとぎれの声。一言めは小さくて、次が急に大きくなって、また小さくなる。ものすごく勇気を出していることが見てとれる。こっちまで緊張した。

「はい、大丈夫です」

「あっち、で。いいですか」

中庭に向かう方向へと指さす。直がうなずき、ついていく。前を歩く高杉は首まで真っ赤だ。中庭は花壇とベンチがある憩いのスペース。それすら通りすぎて人けのない校舎裏まで連れだされる。

こんな遠くまで来るなんてなんだろう？　戸惑う直に高杉は言った。

「あの、なぉくん」

無理して呼ばなくてもいいですよ、と言いたくなったが、彼女の努力を否定したくないので直は「はい」とうなずく。

「見て」

高杉がスマホを見せてくる。調理部のＳＮＳだ。各部活によって運用方針が違い、調理部は顧問の了承を得てから投稿する。だから撮影時期と投稿時期がずれる。

足つき将棋盤のそばに、小皿に載った将棋の駒（こま）を模したクッキーの写真。先月の将棋部とのコラボ企画だ。『将棋部さんに試食してもらいました』と書いた投稿にこんなコメントがついている。

『香ちゃんの棋譜をください』

アカウント名は、『香ちゃん最推し』。最推しは一番応援している人のこと。

香ちゃんという、なれなれしい呼び名に直はムッとした。芸能人でもない高校生をアカウント名に使うセンスも嫌だ。

アイコンの写真は香車（きょうしゃ）の駒。木の駒に漆（うるし）で文字を書いた『書き駒』だ。昔は書き駒が主流だった。フリー素材や無断転載の写真でなければ将棋経験者だろう。

高杉がおずおずと尋ねた。

「……これ、なぉくんのアカウント？」

慌てて否定する直を見て、高杉はほっと胸を撫でおろす。

「違います！」

「念のために訊いただけ。ほ、本当に訊きたかったのは棋譜の価値。生徒の写真が欲しいとかなら先生に相談するけど、棋譜はよくわからなくて」

「棋譜の価値ですか……。えっと誤解してほしくないんですが、僕も東先輩の棋譜は欲しいです。将棋の勉強法に『棋譜並べ』があるんです。プロとか見習いたい人の対局を再現して考えかたを学ぶんです。調理部で言えば、レシピぐらい大事ですね」

「レシピ！　すごく大切だね。やっぱり先生に相談したほうがいいかな。このアカウントの人、将棋部にも絡んでる。しかもこの人がフォローしているアカウントが、うちの将棋部と将棋喫茶胡桃と、あと子ども将棋教室だけ。胡桃はたしか、東さんのおじいさんの店だよね？」

話すうちに緊張がほぐれたのか、高杉の口数が増えていく。

「この将棋教室がもし、東さんが通っていたところだったら……。ストーカーかな」

ストーカーの疑いを後輩にかけたのか、と直は思ったが傷ついてはいられない。

「東先輩に訊くのは、……やめましょうか。大会前に不安にさせたくない。将棋部の清水先輩に相談してもいいですか？　すでにされましたか？」

「してない。なぉくんから話してくれるとうれしい」

　これが本命の相談だろう。同じ部活の下級生にすら緊張する彼女が、よその男子部員に話しかけるのは難しそうだ。

「調理部の先輩、柊（ひいらぎ）部長とかには相談しましたか？」

「まだ。できれば、もう少し話が進んだあとでしたくて。ＳＮＳの運用は、私が任されていることだから。先輩たちの助けがなくても、で、できるって、安心してもらいたい」

　また言葉がつまりはじめる。しかしその勇気に直は共感した。

「昼休みはもうすぐおわりますし、放課後に清水先輩に相談してみます」

　直がそう言うと、責任感からか高杉も一緒に行くことになった。

　放課後、直は高杉と調理室前で合流。

　調理部で集まるといつも賑やかなぶん、たった二人きりの静かな廊下は、普通教室より気温が数度低く感じられる。

　沈黙を埋めるように直はスマホを取りだして言った。

「作法室には東先輩もいるかもしれないので、清水先輩にこっちに来てもらえないか訊いてみます」

メッセージを送ると清水がすぐ来てくれた。直は手短に経緯を説明した。『香ちゃん最推し』のアカウントを見せたら清水はうなった。

「うわ。『棋譜くれ妖怪』がここにも」

「棋譜くれ妖怪？　あだ名をつけるぐらい、よく見かけるんですか？」

驚いて直が訊きかえした。

「将棋部のアカウントでは大会結果を載せているんだが、毎回こいつを見る。コミュニケーションはへただが悪意はなさそうだと思っていたが、鈴木の心配も一理ある。東が通っていた将棋教室の名前はなんだったかな……。同じところに通っていた一ノ瀬さんに訊いてみるか」

清水はスマホを操作してから、けだるそうに首を回す。

「鈴木、三番勝負のときにお前にやったリストは消化できたか？」

急に話題が変わったので戸惑ったが、直は「はい、一巡しました」と答えた。

「お前と東の関係を知りたがったやつはいたか？」

「いました。……あ、そのなかに『香ちゃん最推し』がいると思っているんですか？」

「可能性はあるだろ。お前が勝った相手も教えろ。調理部にまで絡みだしたなら、お前に負けたせいで目をつけたかもしれない」

　直は覚えているかぎり、といっても片手で数えられる人数の名前を言う。

「勝ったと言っていいのかわからないですが、生徒会長の八乙女先輩も一応」

「ほお、八乙女」

「スマホで会長が呼びだされたタイミングで投了されました」

「負けそうになったから用事があるふりして投了したのかもよ？」

「まさか」

　直は笑いとばしたが、「棋譜が残っていればな」と清水は残念そうに言う。

「どうせ『初段取ったのは中三で、最近は駒を触ってない』とか言っただろ。段位でマウントを取りながら、負けたときの保険をかけた」

　そういえば、似たようなことを言っていた気がする。

「会長を疑ってるんですか？」

「まあな。さっきのセリフは、東との対局前に言ってたことだ。俺はあいつと中学が同じで、中学でもあいつは生徒会長だった。プライド高いやつだから、去年は将棋で一年女子に負けて相当悔しかっただろうな。鈴木、あいつからリベンジマッチを仕掛けられたら必ず勝てよ」

必ず勝てなんて荷が重い。急な誘いに応じてくれたいい人かと直は思っていたが、清水の印象は違うらしい。

それまで黙っていた高杉が遠慮がちに言った。

「あの、一ノ瀬さんから返事はありました？」

「たまたま学校に来てるらしい。職員室から出たあと？　全国大会についての相談か何か……っておい」

職員室、と清水が言ったあたりで高杉は駆けだした。突然の行動に清水はぽかんとし、直は慌てて追いかける。走り慣れていないようで、足の遅い高杉にはすぐ追いつけた。

「職員室から移動したみたいですよ」

「ああ、そっか。焦ってしまって」

足をとめた高杉が恥ずかしそうにうつむく。

――先輩たちの助けがなくても、で、できるって、安心してもらいたい。

認めてもらいたい人がいる。そのためにがんばりたい気持ちは直もよくわかる。

一ノ瀬がちょうど前から歩いてきた。直が思わず「あ！」と右手をあげると、一ノ瀬は丸眼鏡の奥の垂れ目をにこりと細めて、ファンに遭遇したアイドルかのようにきさくに手を振りかえしてくれた。

直にさえ緊張する高杉だが、一ノ瀬には臆さず歩みよった。

「突然すみません。通っていた子ども将棋教室の名前を教えてください」

「本当に突然だね」

一ノ瀬はそう言ったが、顔立ちのせいか女子高生からの突然の質問には慣れているらしい。教室名をすんなり教えてくれた。『香ちゃん最推し』がフォローしていた教室である。

「実はですね」

直が経緯を説明すると、一ノ瀬は聞きいった。

「そのアカウント見せてもらっていい？」

お願いされて、高杉がスマホを彼に見せる。すると一ノ瀬は眉をひそめて言った。

「……こちらの都合でたいへん恐縮ですが、ここは任せていただけないでしょうか？」

急な敬語に直も高杉も戸惑う。一ノ瀬はアイコンの写真を指さした。

「この駒に見覚えがあるんだ」

「ストーカーの正体を知っているんですか！」

高杉が食いぎみに言う。一ノ瀬は悲しそうに目を伏せた。そして蚊（か）の鳴くような、か細い声を漏らした。

「……妹かも」

一ノ瀬の妹。

こん棒を両手に構えたハムスターが直の頭に浮かぶ。

「ごめん。おかしな口調になったね。動揺しちゃって。妹に確認したいから数日待ってほしい」

ショックを受けている一ノ瀬に高杉と直はいくらか同情し、ひとまず任せることにした。

そしてその晩、『香ちゃん最推し』のアカウントが消えた。


結局、『香ちゃん最推し』の正体は一ノ瀬の妹である静子だった。

一ノ瀬は翌日には学校に経緯を打ちあけ、謝罪したそうだ。だが棋譜を欲しがるのは応援する気持ちが伝わる内容なので問題視されなかった。

という話を、直は翌々日の昼休みに清水から聞いた。

梅雨(つゆ)の晴れ間、やわらかな日差しが気持ちいい中庭のベンチに清水がどかりと座り、立ったままの高杉と直に向かって話す。清水の隣にスペースはあるものの、高杉が座らないので直も座れない。

「僕たちにだけ事情を話すのかと思ったら、学校にまでちゃんと言うんですね。なんだか大ごとになっちゃって」

　直が言うと、清水は「あえて大ごとにしたんだ」と言いきる。

「一ノ瀬さんの妹は伝説流だ。期待の新人として注目されてる。ここにいる俺たちは棋譜くれ妖怪だと知ってるが、裏アカ自体にいいイメージがないだろ。『裏アカからメッセージを複数回にわたって送った』とだけ聞いた場合、どんな内容を想像する？」

「……悪口ですね」

「だからこそ一ノ瀬さんは妹の悪意のなさを周知する必要があった」

　清水の解説を聞いて、直と高杉は目を見合わせた。なるほど、スピード解決は身内を守るためでもあったのか。

　高杉がおずおずと尋ねた。

「し、清水先輩は、こ、こういうことに慣れてるみたいですが、ネットでのトラブルにどうやったら慣れますか？」

　清水は困ったように後頭部をがしがし掻いた。

「鈴木、耳を塞いどけ」

「なぜです？」

　と、問いながら直は手のひらを耳に当てた。先輩の言うことはつい、反射的に従ってしまう。両耳を塞いだものの、すぐ近くで話しているので清水の声が聞こえてくる。

「将棋部のアカウントを管理するのが俺だと知らないやつらから、東に関する内容でいろいろ送られてくる。下心丸出しだったり中傷だったり。目に余る投稿は先生にも共有する。東の親御さんが開示請求をしているらしいがこれがまた時間がかかるそうだ」

この場合の開示請求は、匿名(とくめい)アカウントの身元を特定するための手続きだろう。

香への嫌がらせは校内だけじゃなかった。そう気づくと直はガツンと殴られたみたいにショックだった。だが奥歯をかみしめ、聞こえていないふりをした。すでに対応しているそうだし、直に聞かせたくない清水の気遣いがありがたかったから。

清水は高杉に向けて続けた。彼なりの穏やかな口調で。

「トラブルには慣れないほうがいい。一人で背負う必要はない。人に頼る判断ができたところはえらかった」

清水は直の肘(ひじ)をたたいて「もういい」と言った。

「一ノ瀬さんはコーチをやめる話も出たんだが、将棋部員たちがとめた。俺もとめた。ただ妹は反省してないんだと。お灸(きゅう)をすえるため、今日直接会って文句言う場を用意してもらったんだが、そっちは来るか？　校外だがそう遠くはない」

清水に問われ、直は高杉を見た。彼女は「今日は塾が」と残念そうにつぶやく。

「で、でも休みます。け、仮病を初めて使ってみます」

「無理しないでください。僕でよかったら話を聞いてきますよ」

思いつめた顔で高杉が言うので直は申しでる。

「あ、でも高杉先輩は一ノ瀬さんに会いたいですか？」

「？　そんなことはないけど、ど、どうしてそう思うの？」

「一ノ瀬さんには率先して話しかけていたから」

「それは……、あれだけかっこいいと別世界の人すぎて、むしろ緊張しなくて」

かっこいいから緊張しないなら、緊張された僕や清水先輩は……と思うが深く考えないことにした。押し問答のすえ、仮病計画は諦めてもらえた。

直が気になるのは香の反応だ。ストーカー疑惑があったので秘密裏に解決したかったが、表ざたになってしまった。

「東先輩は事実を知ってどういう反応してました？」

直が訊くと清水は「んー」と歯切れが悪い。

「東に『迷惑かけてすみません』と謝られた。知りあいがネットストーカーじみた行為をしていたら驚きそうだが、ショックを受けた様子もなかった。……一途というかなんというか、変わったやつに好かれるのは昔からよくあるみたいだ」

変わったやつ、と清水は言いながら直を見た。その視線の意味がわからないまま、直はまじめな顔でうなずく。

「生徒会長がストーカーじゃなくてよかったですね」

「今回はな」

清水のなかで八乙女の印象はとことん悪いらしい。過去にもめたことでもあるのだろうか。気になったが直自身、打ちあけたくない話はあるから訊かない。

放課後、昇降口前で直は清水と合流した。

「妹を連れてくる一ノ瀬さんとは現地集合だ。鈴木は何通学?」

「自転車です。漕げる距離なら自転車で行きますけど、どこまで行くんですか?」

「ここ」

と、スマホで見せられた場所は将棋喫茶胡桃だ。心の準備がまったくなかったぶん、直は動揺したが、清水は気づかずに言う。

「東のじいさんの店。行ったことあるか?」

「……ありますけど、移転後の店舗はまだです」

直が最後に胡桃に行ったのは四年前。ビルの老朽化に伴い移転するというはがきが二年前届いた。直が店に通っていた期間は小五の梅雨から小六の春までで、一度だけ年賀状を出した。そのときの住所録を残していたのだろう。

　覚えていてくれたことはうれしかった。あいさつに行きたい気持ちはあったが、どんな顔で行けばいいかわからなかった。

　移転先の最寄り駅は市営地下鉄五条駅。高層ビルが建ちならぶオフィス街だ。初めて行く場所だし、直は清水と一緒にバスに乗る。

　下校時間なので混雑していた。車内は湿気と熱気と整髪料のにおい。自転車にすればよかった、と直は後悔しながら揺られる。降りたときはほっとした。

　胡桃の新店舗は雑居ビルの二階の一店舗。移転先も古いビルで、エレベーターはあるが五人も乗れないぐらい狭い。

　子どもに落書きされた立て看板はなかった。直は四年という月日の流れを感じたが、そんな感傷を知らない清水が、木目調の扉にかかった〈臨時休業〉のプレートに触れる。

「休業？　一ノ瀬さんに電話する」

　清水がスマホを取りだせば、店の内側から扉が開いた。一ノ瀬だ。

「来てくれてありがとう。お願いして貸しきりにしてもらってるんだ。どうぞ、入って」

　扉を押さえてくれるので、清水が先頭で店内に入り、直も続く。

　前店舗はお座敷があったが、今はテーブル席とカウンター席のみの十席だ。壁掛けの大画面テレビがある。席数が減ったので将棋観戦できる喫茶店に路線変更したらしい。こだわりの胡桃材のカウンターは健在だが、店主どころか店員もいない。

店主の不在に直はちょっとがっかりしたし、ちょっとほっとした。お世話になった人ではあるが、店から遠のいた後ろめたさもある。

「これが、不肖の妹です」

一ノ瀬は奥の四人掛けのテーブルを手でしめす。セーラー服の少女がちんまりと座っていた。中学生にしても小柄だ。

眉上に切りそろえた前髪、肩にかかるボブ丈の髪。リスを連想するかわいらしい顔立ち。反省しているようにしょんぼりとうつむいている。

伝説流かつ棋譜くれ妖怪の正体はおしとやかそうな子だ。

誰かに似ている。首をかしげて直は考えたあと気づいた。

「……あ。中学の入学式での香さんと同じ髪型」

当時の呼び名で直が思わずつぶやいたら、静子は顔をパッと上げた。一ノ瀬は垂れ目だが彼女は目尻が上がったつり目だ。

静子はキラキラした顔で一気にまくしたてる。推しについて話すオタク特有の早口で。

「わかります？　香ちゃんの写真を美容師さんに見せて頼んだんです。わかる人がいてうれしい。香ちゃんのことを名前で呼んでるってことは、お兄さんは将棋部員さんですか？

香ちゃんと親しいんですか？」

一ノ瀬が低い声で「静子」ととがめた。

「謝罪の場だってわかってる？」

だが耳に入っていないらしい静子は直に問う。

「香ちゃん推し歴はいつからですか？　うちは八年前から。子ども教室で初めて会ったその日から！」

同好の士を逃したくないようだ。

怒っている一ノ瀬の前では言えないが、八年前の香がどんな感じか直は聞きたい。彼女は小学六年生の時点ですでにオーラがあった。ちゃん付けができず、「香さん」と呼んでしまうぐらいには。

「話しあいになりそうにないな。帰るか」

あきれ顔の清水がそう言ったタイミングで、店主が〈店員専用〉と書いたドアから現れる。白髪でオールバックの店主は、いぶし銀の風格だ。

直は清水に小声で言う。

「臨時休業にまでしてもらったので、話をしましょう」

　すると清水はしぶしぶ静子の前に座った。彼女の態度にあきれても、気に入られた直を少しでも彼女から遠い席に座らせようとするのが清水である。直は清水の隣に座り、静子の隣には一ノ瀬が座る。

　お冷を運んできた店主に直は「ありがとうございます」と会釈した。お久しぶりです、と言うべきか一瞬迷ったが、店主は直を初めての客みたいに気にとめない。移転のはがきをくれたから存在は覚えているだろうけど、顔は覚えていないのかも。身長だって四年前よりだいぶ伸びた。今日は別件で来ているので昔話はやめておく。

「好きなのを頼んで」

と、一ノ瀬がメニュー表をまわしてきた。静子はフルーツジュース、清水はアイスコーヒー、一ノ瀬と直はホットコーヒーを頼む。

　まず誤解を解こうと思い、直は静子に言った。年下相手だが警戒する気持ちもあって敬語になる。

「僕は将棋部ではなく調理部です」

「香ちゃんが食べたクッキーを作った人？　食べたい。販売してないんですか」

　静子が直のほうに手を伸ばそうとしたので、その手を一ノ瀬がつかんだ。

「しゃ、ざ、い、の、ば、だ」

一音一音、言いきかせるように一ノ瀬に言われて、静子は両手を膝の上に置いた。

「ごめんなさい。アカウントは消しました。もうしません」

ぺこりと静子が頭を下げた。香をマネた髪型で謝られると、本当に反省しているのか疑わしい。

「伝説流は東と長い付きあいなのか?」

清水が訊いた。文句を言いにきたはずだが、勢いがそがれたらしい。

静子は両目を見開いた。

「伝説流?　うちのこと知ってるんですか?」

「将棋部だから」

「サインしましょうか?　価値が上がりますよ。『永世名人』になる女だから」

タイトル戦において名人戦は歴史が一番長い。江戸時代は終生名人制だったが廃止され、一九三五年に第一期が始まった。通算五期獲得したら永世名人の資格を得る。

女性初の棋士を通りこして永世名人。

大きすぎる夢に直はあぜんとしたが納得もした。なるほど、だから伝説流。

「家族一丸でその夢を応援してる。だからちゃんと反省して」

一ノ瀬に言われ、静子は「でも」と唇をとがらせる。

「付きあいたいとか水着写真欲しいとか書くならともかく、棋譜だよ？　かわいいお願いなのに？　お兄ちゃんが棋譜をくれたらよかった。『学校で知ったことは家では話さない』なんて融通利かないこと言うから」

「どんなお願いもかわいくない。ＳＮＳの規約に反した年齢で作った裏アカだから」

アカウント作成日までは見ていなかったが、静子が黙ったところを見ると事実らしい。

直は静子に尋ねた。

「どうして東先輩にお願いしなかったんですか？」

「夢を叶える願掛けのため、香ちゃん断ちしようと一昨年に決めて。でも……、香ちゃん不足で酸欠でアカウント作りました」

静子がぽつりぽつりと話していると、ふいに店の扉が外から開いた。

「今日休業なの？」

顔なじみらしいハンチング帽をかぶったおじいさんが親しげに店主に問う。

「悪いが貸しきりでね」

「なんだ、病気かと思った。わしらの年齢になると、あちこちガタが来るから。また今度」

扉が閉まった途端、静子はテーブルに額（ひたい）をつける勢いで頭を下げた。しおらしい声で言う。

「……すみませんでした。これぐらいはいいかと思ってました。年齢を偽ってアカウントをつくるぐらい、どうせみんなやってるから」

　頭を下げたまま、ため息をついた。

「そこまで悪いことしたかなって。お兄ちゃんは怒りすぎだと思ってました。……でも、さっき帰っていったおじいさんを見たら情けなくなっちゃって。うちは将棋のプロを目指しているのに、おじいさんがお店で将棋を楽しむ時間を奪っちゃった……」

　ごめんなさい。やっと反省したらしい様子で続ける。

「それに今日来てくれたお兄さんたちの時間も、店長さんの時間も、一応お兄ちゃんの時間も奪ってしまって」

　清水が訊いた。

「東に執着するのはなぜだ?」

　ゆっくりと顔を上げた静子が答えた。

「……うちが初めて負けた女の子だから。どうやって勝つか四六時中考えつづけた相手は忘れられません」

　直にとっても初めて負けた相手が香だ。まさか共通点があるとは。

　静子はお冷を飲み、喉を潤してから言った。

「香ちゃんも奨励会に入ると思ってました。うちよりは弱いけど、香ちゃんより弱い人もプロを目指してる。ほかに夢があるなら諦めがつくけど、香ちゃんはそういう夢もなさそう。師匠に尋ねたことがあります。『女の子が奨励会に入りたくなる口説き文句はないですか?』って」

師匠とはもちろん、将棋の師匠だろう。奨励会入会試験の受験資格に棋士からの推薦が必要だ。

「そしたら『そんなのがあったらとっくに使ってる。棋士になった女性は残念ながらまだいない。前例がない挑戦は簡単じゃない。大学でさえ女子のほうが進学率はいまだに低いんだ』と。そのあと『応援される環境にいることをありがたく思いなさい』とかいつもの説教が始まって、……えっとなんの話でしたっけ?」

「東が特別な理由」

「そうだ、それ。うちが永世名人になる理由が香ちゃんです。女がトップになる前例をつくる。それで女子の競技人口が増えれば多くの女性棋士が生まれる。女がプロを目指すのが当然の選択になる。香ちゃんだって挑戦してくれる。プロ編入試験なら年齢制限はない」

香に負けた体験は同じでも、直と静子は異なる道を選んだ。将棋を一度はやめた直、香のためにも道を切りひらこうとする静子。背負う覚悟が違いすぎる。

清水はおもしろくなさそうに言った。

「東の意思は？　東にプロを目指してほしいのはそっちの都合だろ」

「香ちゃんはこっち側の人間。そっちこそ、香ちゃんのそばにいるのになぜそれがわからないんですか。そばにいるからこそ、わからないのかな？」

ムッとしたらしい静子が言いかえすから、一ノ瀬が「言いすぎ」ととめた。

「本人の気持ちを大事にしたい気持ちも、東さんに期待する気持ちも理解できる。言いあってても平行線だ。ここはいっそ、対局で決めたら？」

場を収めるかと思いきや、一ノ瀬はさらに引っかきまわすことを言う。

静子は「いいよ、それで」と足元に置いていた鞄から風呂敷に包まれた駒箱を取りだす。五十センチ四方で紺色の風呂敷にはマス目が印刷されており、テーブルに広げると将棋盤になる。駒はアイコンの写真に使っていた書き駒だ。

「俺は観る将だからしない。だがこの鈴木は東に挑む予定だ」

清水が直を指さしたから、静子は目を丸くする。

「調理部と言ってましたよね？」

「試してみろ。こいつは一ノ瀬さんには二枚落ちで勝った」

「それならうちは『裸玉』で」

裸玉とは十九枚落ち、つまり静子が使うのは王将のみだ。直だけではなく、兄の実力さえかなり低く見積もっている。一ノ瀬は穏やかな笑みを浮かべて直に言った。

「無理にとは言わない。やらなくてもいいよ」

しかし清水は椅子から立ちあがり、ここに座れと直にしめす。

そこへ店主が飲み物を運んできた。店主は直の顔を覚えていないようだが、対局から逃げる姿を見せたくない。直は静子の正面に移動する。

おたがい駒を初期配置に並べる。目上の人が使う王将は静子が取った。

直の手元をまじまじと見つめて静子は言った。

「大橋流だ。香ちゃんと同じ」

駒を並べる手順は自由だが、並べかたには二つの流派がある。それぞれ江戸時代の将棋家元の名前を冠している。まず王将を置いたあと、左右対称に並べる『大橋流』。左右対称だが香車、角行、飛車を歩兵のあとに並べる『伊藤流』。

直は香に将棋を教わったから香と同じだが、静子に嫉妬されそうなので言わない。

静子はヘアゴムでハーフアップに髪を結ぶ。

「お兄さんが勝ったら、今後一切、うちは香ちゃんをプロになるよう口説かない。うちが勝ったらお兄さんは、香ちゃんに好きなタイプを訊いてください」

さすがに王将一枚相手に負けないだろうがその条件は困る。恋バナが好きなんだろうか？　直は戸惑いつつ尋ねた。

「……なんで好きなタイプを？」

「学校で好きなタイプを訊かれるんです。将棋が強くてかっこいい人と毎回答えるんですが、そういえば香ちゃんはどんな人が好きかなって。恋愛対象として人を好きになるかどうかさえ知らない」

「ほかの条件にしません？」

「訊きたくないなら勝ってください。ではお願いします」

静子が深々とおじぎしたから直もつられておじぎする。

駒落ちでは駒が少ないほうが先に指すので、静子が王将を前に一マス進めた。小柄な彼女は上半身ごと前のめりになって指す。王将しかない彼女には選択肢が少ない。駒が二十枚あって選択肢の多い直はむしろ困る。ここまでハンデをつけられた対局は初めてだ。

数で攻め、飛車と角行で挟みこめば勝てるかと思いきや、静子の王将はなかなか捕まらない。王将は八方向に動ける最強の駒だが、基本的には攻撃の要にはならない。相手に取られたら負けるからだ。しかし今回はどんどん前に出てくる。

静子の王将は捕まらず、直の駒は次々と取られ、やがて直の王将が捕まった。胸にひやりと冷たいものが落ちる。負けないだろうと思ったその油断をつかれたのだ。

プロに挑む人。勝つための将棋を指しつづけた人間との実力差を感じた。

「……負けました。すみません、飛車で受けたらどうなっていたか試してもいいですか？」

「いいですよ」

直の申し出に静子は軽く応じて駒を並べなおす。さきほどは静子の攻撃から逃げてしまった。将棋格言に『へぼ将棋、玉より飛車を可愛がり』がある。飛車を大事にするあまり、王将あるいは玉将を取られることだ。肉を切らせて骨を断つという覚悟で直が攻撃を飛車で受けたら次は勝てた。

「こっちかあ」

直がため息まじりの声を漏らすと、静子は駒を片づけながらうれしそうに言った。

「香ちゃんの好きなタイプ訊いたら教えてください」

電話番号を口頭で言う。「それ僕の番号だろ」と一ノ瀬が言えば、静子は「調理部のお兄さんの連絡先をうちに渡していいの？」と返す。

「このお兄さんも香ちゃん推しっぽいから推し語りしちゃうよ」

「それはダメだ」

「妹の自制心の弱さをちゃんと把握してね」

「ドヤ顔で言うことじゃない」

　直は電話番号を復唱して「合ってますか？」と尋ねる。

「一回で覚えたんだ？」

　一ノ瀬が意外そうに言うから、直は「家業の手伝いで電話注文を受けることもあるので」と答える。

「暗記に強いんだね。対局したときも、よく予習していると思ってた。でも静子との対局を見ると想定外の事態には弱そう」

　褒められたと思ったら欠点も見抜かれる。一ノ瀬の評価を直は心にとめた。直は圧倒的に実戦経験が足りていない。

　直が注文したコーヒーは手つかずのまま、少し冷めていた。小学生のときはホットミルクかジュースで、コーヒーをこの店で飲むのはそういえば初めてだ。一口飲んでみたが、スモーキーな苦みをおいしいと感じるにはまだ時間がかかるようだ。残すのは悪いので一気に飲みほす。

　直はカウンターを振りかえる。店主はいつのまにか老眼鏡をかけて新聞を読んでいる。この機会を逃せば、店に来る勇気がまたなくなりそうだ。

　椅子から立ちあがってカウンターに近づき、直は言った。

「コーヒー、ごちそうさまです。移転のお知らせをもらったのに、すぐあいさつに来れなくてすみません。小学生のときはお世話になりました。鈴木直です」

店主は顔を上げ、じっと直を見つめたあと、バリトンの低い声で言った。

「もう甘いもんは好きじゃないか」

その声は記憶よりずっと優しく響く。第一印象がこわい人だったせいで記憶がゆがんだのか、本人が丸くなったからか。どちらもありえる。

直は慌てて言った。

「今も好きです」

「注文しなかったから好きじゃないかと」

「胡桃のパウンドケーキの味は今でも忘れられません」

「今日はないから、またおいで」

心をふわりと撫でるその優しい言いかたで思いだした。

またおいで。帰りぎわにいつもそう声をかけてもらっていた。香に負けつづけても店に通えたのは、この言葉があったからだ。

「うちもまた来ます。次はうれしい報告ができるようがんばります。ごちそうさまでした！」

直の横から静子が言い、店を飛び出していった。追いかける気力がないらしい一ノ瀬は肩を落とす。

「二人とも今日はありがとう。交通費いくらだった？」

こんな機会でもなければ胡桃に来ることはなかった直は遠慮したが、「きみたちは迷惑をこうむった側なんだから」と言われてしまった。受けとったお金を直が財布にしまっていると、レジの会計もすませた一ノ瀬が申し訳なさそうに続けた。

「すぐ……じゃなくて直くん、やらなくていいから。好きなタイプを訊くやつ」

直は「いえ、守ります」と返す。

「まじめだね。直くんは将棋部に入らないの？　東さんに勝ちたいなら、入ったほうが強くなれるよ。実戦で学ぶのは大事だから」

するとと清水が話をさえぎる。

「一ノ瀬さん、最寄りのバス停まで案内してもらえませんか？」

不自然なタイミングだったが、その不自然さに何かあると思ったのか一ノ瀬は応じた。

店主にお礼を言ってから三人で店を出る。

狭いエレベーターに乗りこみ、清水が切りだした。

「すみません。バス停の位置はわかります。案内はいりません。鈴木は東に勝ちたいんじゃないです。……一ノ瀬さんには言ってなかったですけど」

言いにくそうに経緯を打ちあける。エレベーターを降りたあとも、一階フロアで話しつづける。香が駒を投げられたくだりで一ノ瀬はショックを受けた顔をする。

「なるほど、直くんは東さんを守るために対局を申しこんだのか。それならむしろ、東さんに好きなタイプを訊くべきかも」

「なぜですか?」

戸惑った直が訊きかえすと一ノ瀬は首を横に振る。

「訊いたらわかるよ」

意味深な言葉だけを残し、一ノ瀬は「お先に」と行ってしまう。

なんとなくすっきりしない。直は清水が乗るバス停までの道のりをついていく。

ビルの外は、ほの暗い夕暮れどきの空だ。清水は同行者を気にせず大股(おおまた)で歩くのでペースが速い。前から歩いてきた人に直が進路を譲っただけで置いていかれる。

直が隣に追いつくと清水は言った。

「好きなタイプを訊くのはとめないが、『プロを目指さないのか?』はやめろよ。棋士にしろ女流棋士にしろ、年齢制限があるからプロを目指す人は小中学生のうちから挑戦していると将棋好きは知ってる。高校生のプロだっている職業だ」

　清水は古い記憶を思いだすように遠くを見て続ける。

「東が全国優勝したことしか知らない人は、高校球児みたいに甲子園で活躍したあとプロ入りするイメージがあるのか、卒業後の進路として訊くんだ。そのたび、あいつは『プロは目指しません』と毎回言う」

　声のトーンがいつになくまじめだ。

「結局子どもの夢は大人次第だろ。目指せる環境にいれば、やってる。だから訊いてやるな」

「はい」

　直は神妙な顔でうなずく。香の話をしているのに、清水自身の話をしているようにも聞こえた。環境のせいで諦めた夢があったのかと思ってしまう。

　清水は顔をくしゃりとさせて笑った。

「そんな顔すんなよ。言いたいことは言え」

「……中学では柔道部でしたよね？　そっちで強くなりたかったんですか？」

「そりゃな。今はだいぶ回復したけど、家族の闘病で土日に部活や大会がある生活ができなくなったんだ。あんなにがんばってきたのに、こんなふうにおわるのかと思ったよ」

「がんばってきたらそう思ってしまいますよ」

「そりゃどうも。励まされるよ。平日の放課後は遊べるから前よりずっとマシ。だから同情はするな。みじめになるから」

「僕に何かできることとありますか?」

「俺のためにか? ないよ。しいて言うなら東に勝ってこい。勝てるもんならな」

清水は車道を走るバスへと目を移し、「あれで帰る。じゃあな」とバス停に駆けていった。

初めて会った日、清水は将棋部ではない直の味方をしてくれた。直と同じ調理部の柊部長が好きだからかと思っていた。もちろんそれが一番大きいだろうけど、夢を諦めた過去があったから、直の挑戦に親身になってくれたのかもしれない。

直はスマホで父親に『先輩と寄り道したから今から帰る。店の手伝いが必要なら行く』とメッセージを送ると、『楽しかったか? 手伝いはいい』とすぐ返ってくる。清水の話を聞いたあとだから、いつものやり取りでさえ胸がつまってしまう。

直は地下鉄でマンションに帰った。京都御苑(ぎょえん)に近いうどん店から少し離れ、どちらかといえば二条城(にじょう)よりだ。二条城前駅の駅構内から出ると、ぐるりと堀に囲まれた二条城の石垣が現れる。

城といえば、江戸時代には将軍の御前で対局する『御城(おしろ)将棋』があったそうだ。将棋の起源は古代インドのチャトランガという説が有力だ。将棋自体は出土品や書物の記述により、平安時代には遊ばれていたとわかっている。長い歴史があるのに女性の棋士はいない。

――前例がない挑戦は簡単じゃない。大学でさえ女子のほうが進学率はいまだに低いんだ。

直は共学校に通っているから、女子生徒が同じ教室で勉強している。医大で女子減点がニュースになったがそれは特殊な例で、性別によって進路が変わってしまうなんて実感しづらい話だ。

直が暮らすマンションは築年数が古いわりにきれいなファミリー向け物件だが、四人家族には手狭。進学を機に姉が一人暮らしを始めるだろう期待は外れた。

直がドアを開けると、床で寝ころがる姉がいた。タンクトップに短パン、傷(いた)んだ金の長い髪が床に扇(せん)状に広がる。

「……」

見ないふりをしたかった。涼しいからと床で寝る癖が姉にはあるのだ。動物みたいな人だ。壁際をそっと歩いた直は姉に足首をつかまれる。

「ラーメン作って」

姉に言いかえすのは無駄だとわかっている。

手洗いうがいをして割烹着を着て、直は台所に立つ。姉が箸を握りながら言った。

「あんたの作るラーメンは妙にうまいよね」

「ちゃんとお湯を沸かしてるからね」

インスタントラーメンなんて誰が作っても同じだと直は思っていた。しかし姉はなんでも目分量だし、低い温度の湯に麺を入れてしまう。待てないらしい。

姉の好みに合わせ、推奨時間より短くゆでた塩ラーメンを片手鍋で作る。その間、直は姉に見張られている。以前、少し手をかけてやろうと野菜と煮卵を入れたら怒られた。ネギさえいらないらしい。

ラーメンをテーブルに運び、勢いよく麺をすする姉に直は訊いた。

「今日は店の手伝いはいいの？」

「レポートあるから。あたしが留年するほうが困るでしょ」

「それなら僕が店に行ってこようかな」

「あんたは良い子だけど、そういうのはやめたほうがいい。自分から苦労を買ってでて、やりがい搾取されるタイプ」

耳が痛い。塩味のスープのいいにおいが空気中に漂い、直はラーメンの口になってしまう。自分のぶんも作るために片手鍋に湯を沸かす。

「ごちそうさま」

と、シンクに器を置いた姉に直はふと訊いた。

「姉ちゃんは店を継ぐ気はないの？」

「三代目とか呼ばれたことなかったから、考えたことなかった」

「一回も？　僕が生まれる前も？」

「そんな昔のことは覚えてない。あんたも父さんもかわいそうだよね。周囲が勝手に敷いたレールがずっと選択肢にある人生で」

――結局子どもの夢は大人次第だろ。

清水の言葉を直は思いだす。

直は「三代目」と呼ばれて育った。姉がいるのに直が三代目なのは長男だからだ。料理に性別は関係ないはずだが、それでも店の調理担当は父や祖父だ。

直にはあって、姉になかったレール。

片手鍋の湯がボコボコと沸きあがる。慌てて直は火をとめた。

「あんたが継がないなら、あの店はロケ地として有効活用するから安心して」

そう言って姉は自室へと向かった。安心できるかはさておき、励ましの言葉だろうと直は思っておく。好きな道を歩め。自分の道を進む姉が態度でしめす。

直は姉とは性格も考えかたも違う。ラーメンは具沢山のほうがうれしい。だが今日は姉を見習い、具材なしのラーメンを食べる。塩だからあっさり系だと思いこんでいたが、豚のエキスとごまの風味が感じられた。

先入観のせいで見えなかった世界をこれからはちゃんと見たい。

洗い物をすませたあと、直は忘れないうちに胡桃でのやり取りを高杉に報告する。長文を打つのはめんどくさいが、口下手(べた)な彼女には電話よりもメッセージのほうがいいだろう。すぐに返信があった。

『ありがとう。直くんに相談してよかった』

高杉には喜んでもらえたが、直は彼女の代理になったことで、とんでもない課題を抱えてしまう。

――香ちゃんに好きなタイプを訊いてください。

やっぱり将棋が強くてかっこいい人だろうか。直とは正反対の人。訊く前から憂鬱(ゆううつ)だ。

翌朝、寝坊した直は弁当を作れなかった。

「鈴木って売店初めて？　行こ行こ！」

やけにうれしそうな立花とつれだって昼休みに売店に向かう。

駐車場に近い一階の一角に生徒が集まっていた。晴れて気温が上がってもじめっとした湿気が残るなか、そこだけ活気づいている。行列の後方から見るかぎり、駅のキヨスクみたいな作りだ。

つま先立ちになっていた直は立花に背中を軽くたたかれた。振りむけば菓子パンやおにぎりを何個も抱えた香がいた。

そういえば昔、体力をつけるためにたくさん食べるよう香に言われたことがある。三人分以上の量を彼女一人で食べるのだろうか。

「東先輩、こんにちは」

立花のあいさつにつられて直も「こんにちは」と続く。香は軽く会釈した。そのまま立ちさろうとした後ろ姿を見て、直は静子との約束——好きなタイプを訊くことを思いだした。あとになるほど話しかけづらくなりそうだ。

遠くなる香の背中に焦りながら、直は立花に言った。

「ごめん、東先輩にちょっと用事が」

「わかった。なんか買っとく?」

「梅おにぎり二個」

しぶいな、という立花の感想を背に、直は香を追いかける。

売店に向かう生徒たちが香とすれ違い、二度見していく。長身美人かつ校内の有名人かつ買い物量が目を引くようだ。

「すみません、東先輩」

直が声をかけたら香が振りむき、バランスを崩したおにぎりが一個落ちた。床すれすれで直が受けとる。具材はちりめん山椒(さんしょう)だ。将棋部とのコラボ企画で作った、ちりめん山椒クッキーを直はふと思いだした。

「先月のクッキーどうでした?」

「おいしかったです、ごちそうさまでした」

香がおじぎしようとしたら、今度はメロンパンが落ちかけた。直は慌てて手を伸ばして、メロンパンをそっと元の位置に押しこみ、おそるおそるおにぎりも載せる。

「よかったら一緒に運びましょうか?」

「いつものことなので平気です」

「いつもたくさん食べるんですね」

それでこの細身を維持しているのだから不思議だ。対局で消費されるのだろうか。長時間の対局をするプロともなれば、一回で体重が数キロ減るらしい。

ふと思いついたように香が「あ、そうだ」とつぶやいた。

「調理部の部長さんには謝罪したんですが、ご迷惑をおかけしたようで、すみませんでした。静子ちゃんは悪い子ではないんですけど、昔から私を買いかぶっているところがあって。私にプロを目指してほしいらしいんですね」

「買いかぶるどころか誰だってそう思いますよ。僕も昔からそう思ってました」

素直な気持ちを直が言えば、香は眉をひそめる。

「……あなたはどうして」

いつもきぜんとしている香が珍しく言いよどんだ。

「私を責めていいんですよ？　調理部さんは巻きこまれた側なんだから」

「東先輩も被害者じゃないですか」

近くを通りすぎた生徒が興味ありげに見てくる。それに気づいた香が「こちらに」と直に言って歩きだした。直がついてくると信じているようで、彼女は一度も振りかえらなかった。

人けのない非常階段まで来てやっと、香が足をとめた。彼女は背中を向けたまま言った。

「私が何を言われてるか、知ってますよね？」

直の返事を待たずに香は続ける。

「将棋で勝ったら付きあえる。不本意な噂です。景品扱いされた気分。そんな噂に乗っかる人もバカだけど、あなたが一番バカです」

バカだと責める声は鋭い。今まで溜めたうっぷんを晴らすみたいに。

思わず直も言いかえした。

「噂を知ってて挑戦を受けるほうだって……バカですよ」

前半を言ったところで香がくるっと振りむいたから、「バカ」の部分だけ直の声が小さくなる。

「私は将棋の研究のために指しています。好き勝手言う人たちなんてどうでもいい。あなたこそバカです」

またバカと言われた。でも今度の「バカ」はどこか悲しそうだ。

「私が卒業するまで予約したいと人前で言うなんて公開告白と同じです。恋人はいらないんですか？　学生生活を捨てる気ですか？」

誰の挑戦でも受けるはずの香が直の挑戦を嫌がった。その理由を、直は嫌われているせいかと思っていた。

まさか、もしかして？

直は戸惑いながら尋ねた。

「僕の挑戦を断ったのは、僕を心配したからですか？」

するとは首を横に振った。


「自分が情けなかったからです。……あなたにとっていい思い出ではないかもしれませんが、私はあなたに将棋を教えました。当時は慕ってくれたあなたを巻きこみたくない。あなたを犠牲にしてまで守られたくない」

「犠牲になんかなっていません。将棋を教えてもらった日々もいい思い出でした」

「……それならなぜ私を避けたの？」

一瞬、何を問われているのか直はわからなかった。こうして話しているのだから避けていない。……いや違う。たしかに避けていた。四年前から今年の春先までずっと。

香は痛みを我慢するように眉をひそめた。

「あなたが祖父の店に来なくなったのは四年前でしたね。仲がいいつもりでいました。店から足が遠のいた理由はきっと、私たちの会話を店の前で聞いてしまったからですよね？」

──弱い人とは指したくない。

直が聞いたのは会話ではないが、一応うなずく。

「やっぱり。『金の草鞋(わらじ)』なんてからかいは気にする必要なかったのに」

「からかい？」

きょとんとして訊きかえした直の様子ですれ違いに気づいたらしく、香が尋ねた。

「四年前の会話で何を想像しました？」

「えっと、『弱い人とは指したくない』と東先輩が言っていたのが聞こえました」

「弱い人……？　あ、孫にお小遣いをあげたいのに浪費癖が直らないと言うお客さんから対局を誘われて『意思が弱い人とは指したくない』と言ったような記憶があります」

それを聞いた途端、直は自分の勘違いに気づいて顔が熱くなった。しどろもどろになって言う。

「僕との約束時間の少し前に話していたから、てっきり僕の話かと。将棋が弱い僕とは指したくないという意味だと思って……」

「あなたと指したくないなら対局の約束をしません」

憮然(ぶぜん)とした表情で言いかえされてしまう。

香が中学生になって対局時間が減った。それが直はさみしかった。しかし裏を返せば、新生活で忙しいなかでも香は直との時間を作ってくれていた。

「それなら東先輩が想像した会話は？　金の草鞋で僕が思いつくのは『一つ年上の女房は金の草鞋を履いてでも探せ』ぐらいですが」

直が訊くと、今度は香が顔を赤らめた。

「それはもういいじゃないですか。誤解が解けたんですし」

気になったが、嫌がる香から訊きだすのはやめた。

でもこれだけは伝えたい。

直は嘘をつけばすぐばれると知っている。気持ちが顔に出やすいから。それがコンプレックスだったが、直は香をまっすぐ見つめた。

この気持ちが嘘じゃないと知ってほしくて。

「学生生活は捨てていません。東先輩への挑戦を通して友達ができました。ずっと行きたかった将棋喫茶胡桃にも行けました」

話しながら直の表情がふと緩む。

「犠牲どころかむしろ、僕の世界は広がったんです。四年前みたいに逃げません。でも僕の行為が……東先輩の負担になるなら」

かっこよく決めたかったが不安になってくる。

「東先輩が卒業するまでの予約を僕が埋めてしまったら、東先輩のことをちゃんと好きな人まで遠ざけてしまう可能性がありますよね？」

直の声がどんどん小さくなる。すると香がおかしそうに噴きだした。王様の鎧を脱いだ無邪気な明るい声で笑う。

「それ、今さらすぎる。もっと早く気づいてくださいよ」

楽しそうに笑うから、「ですよね」と直もつられて笑ってしまう。

香はツボに入ったみたいにひとしきり笑ったあと、すっきりした顔で言った。

「そもそも卒業まで予約する必要はないと思いますね。次の大会で私は部活を引退します。目立つ活動をやめたら挑戦者は減る気がします」

「引退？　え、二年生で引退ですか？」

「受験勉強があるから。祖父の店の移転資金を一部負担してもらうため、両親と約束したんです。大学進学するって。周囲が私に将棋のプロになるようそそのかすので、私が本気にしないか心配していたようです」

――『プロを目指さないのか？』はやめろよ。

清水の言葉がよぎったが、直はどうしても香の口から聞きたかった。

「プロは目指さないんですか？」

「静子ちゃんに負けた私が目指せる場所とは思えません。プロにはなれないと判断できるレベルの強さは身につけたつもりです」

案外あっさりしている。何度も訊かれるたび、心の整理をつけたのだろう。

静子の評価と香の評価は真逆だ。香には香の選択がある。しかし直自身、プロで活躍する彼女を見たかった気持ちはある。

「今日は話せてよかった。昼休みに長々とすみません」

そう言って立ちさろうとした香を「待ってください」と直が呼びとめる。「す」と言ったあと、直はその先を続けられない。

「す？」

不思議そうに香が首をかしげた。さきほどとは違い、直は恥ずかしくて彼女を直視できない。すぼめた唇からほとんど息だけが漏れる。す。す。す。

「す、好きなタイプはどんな人ですか？」

声が自信なく震えた。沈黙がこわくて続けて言った。

「やっぱり将棋が強い人がいいですか？」

「……弱くても優しい人がいいです」

香がぽつりとつぶやく。二人きりじゃないと聞きとれない声量で。恋バナだと小声になる彼女のギャップに直はドキドキした。

「ありがとうございます。訊いてくるように言われたので伝えておきます」

直がそう言った途端、「誰に？」と問う香の声は冷たい。

「一ノ瀬静子さんに」

「あの子に伝えるなら永世名人と伝えてください」

「伝える相手によって好きなタイプが違うんですか？」

「そうです。ほかに質問はありますか？」

「ありません。どうぞご飯食べてください」

今度こそ香が立ちさったあと、直は忘れないうちに一ノ瀬に電話をかけた。数回のコールで一ノ瀬が出る。賑やかな話し声が電話の向こうから漏れきこえてくる。外にでもいるのだろうか。

「こんにちは、鈴木です。今いいですか？」

「もちろん、いいよ」

一ノ瀬がきさくに言う。

「好きなタイプですが妹さん宛てだと、永世名人がいいそうです」

「妹宛て？　人によって変わるの？」

「最初は、将棋が弱くても優しい人がいいと言ってました」

「へえ。……ちなみに訊いておきたいけど、直くんは東さんに勝ったことあるんだっけ？」

「ないです、一回も」

「一回も将棋で勝ったことがない直くんに、好きなタイプを訊かれてそう答えたんだ？」

一ノ瀬は楽しそうに笑う。

「？　勝ったことがある人が訊いたら答えが変わるんですかね？」

「気づいてないいんならいいんだ。ありがとう、伝えとく」

電話口の向こうで「一ノ瀬くうん」と甘えた女性の声が聞こえた。デート中？　慌てて電話を切ったあと、直は教室に向かう。

——……弱くても優しい人がいいです。

胸にじわりと温かい気持ちが広がる。スキップしそうなくらい足取りは軽い。

交際対局

七月に入った日曜日の朝。

直(なお)は寝ぐせ頭のまま、録画した将棋番組を観(み)る。三学期制の学校だと期末考査の時期だろうが、前期後期制なので期末考査は九月のおわり。よって将棋漬けの日々である。

直はまだ、香(かおる)との対局の心構えができていない。彼女とは四年ぶりの対局で、しかも対局日さえ決まっていないからだ。

リモコン片手に直はテレビを見つめる。スーツ姿で五十代ぐらいの穏やかそうな男性が対局相手について話していた。

「居飛車(いびしゃ)党で最新の研究に力を入れている印象です。終盤も粘りづよいですね。一回り以上年下でもありますから、若さに押され負けないようがんばります」

将棋の二大戦法は居飛車と振り飛車。主に居飛車を使う人を『居飛車党』と呼び、振り飛車は『振り飛車党』と呼ぶ。

直は現在の香の得意戦法を知らない。対策を立てるために棋譜が欲しい。交際対局の挑戦者リストを持っていた将棋部の清水に頼めば融通してくれるだろう。しかし香本人に許可を得ないでもらうのは、ズルするみたいで嫌だ。

棋譜くれ妖怪。

清水が一ノ瀬静子をそう呼んでいた。ミイラ取りがミイラではないが、棋譜くれ後輩になるしかない。

「東先輩の棋譜を見せてもらえませんか？」

翌日の昼休み、直は売店前で香に声をかけた。

梅雨明けを予感させる晴れ。夏服はノータイでもいいのだが、香は半袖シャツの上にベストを着てネクタイ着用。結ばない長い髪が暑そうだけれど、いつものすまし顔。

ほかの生徒と同じく半袖シャツにノータイの直は、せめて背筋くらいは伸ばす。だらしない姿を見せたくない。入学時より身長が三センチぐらい伸びた気もするが、伸びていない事実をつきつけられたくないから測らない。

仲たがいした誤解は解けたが、名前で呼びあう関係までには戻れない。

「あなたと同じ条件での対局の棋譜ですか？」

将棋部ではない部外者の挑戦は「交際対局」と呼ばれているが、香はその通称を言いたくないようだ。直は意図を察してうなずく。

「はい、それです」

「いいですよ。どの程度いりますか？」

百戦百勝の噂がある香だ。どうせならば、もらえるだけ欲しい。

「全部ください」

「送ります。連絡先を入れてください」

香は直にスマホを渡して売店の行列に並ぶ。プライバシーの塊を渡す無防備さに直は戸惑うが、そういえば直も清水にスマホを渡したことがある。だからたいした意味はないはずだ。しかし初恋の人のスマホに連絡先を登録するなんて指が震える。

食べものを抱えて戻ってきた香にスマホを返すと、器用に片手で操作し、写真を送ってくる。清水が記録した棋譜を彼女が撮影したものらしい。

「まず一局送りました。届いてますか？」

「届いてます。でも現物は残ってないんですか？　もしあったら自分で撮影しますけど」

「そちらは清水先輩が管理していると思います」

「三年生なのに引退はされないんですか？」

「しないみたいですね。ありがたいです」

　香が次の大会で将棋部を引退するならば、交際対局はどうなるんだろうか。将棋の研究のためだと言っていた。

「東先輩への新たな挑戦者が現れたら対局しますか？」

「わかりません。大会後の心境によります」

　きっぱりと答えられ、それ以上訊けなかった。未来は彼女でさえわからないのだから。

「心境がどうあれ、あなたとの対局はします。そのために渡すんです。勝つ気で来てください」

　香はそう言って立ちさる。手の内をさらしてもこちらが勝つ、と宣言するように潔い。

　香の許可を得る目的を達成した直は手ぶらで教室に戻る。立花が待ちかねたようにいそいそと近づいてきた。

　立花は最近、将棋部に顔を出していない。座りっぱなしの姿勢のせいか、首や腰を痛めたそうだ。病院で診てもらうほど重症ではないので将棋部員と顔を合わせるのがなんとなく気まずいらしく、売店にも行かない。

「東先輩どうだった？　棋譜を見てもいいって？」

「うん。あとで清水先輩にも訊いてみる」

香の連絡先まで入手できたのは予想外だった。スマホが神々しいものに感じられる。

今日は調理部の活動日だ。将棋部に頼みに行くなら明日以降、いや今日はメニュー決めの日なので、早くおわればぎりぎり間に合うかも？

直が考えていると、立花が深刻そうな顔で言った。

「俺が部活に行かなくても俺ら友達だよな？」

立花は考えをすぐ口に出す性格だが、友達かなんて訊くのはさすがに子どもっぽい。笑うところかと思ったが、立花は真剣だ。

直はまじまじと立花を見返す。

「友達だよ。どうしたの？」

「なんか不安になっちゃって」

「体壊すと不安になるのかな？　この間もさ」

と、膝が痛む祖父が「隠居する」と言いだした話を直が例に出せば、「そこまで年寄りじゃない」と立花は笑いとばした。直はほっとして続ける。

「急にへんなこと言うからびっくりした。でも立花のわかりやすいところ好きだな」

「ごめん。俺、好きな人いるから」

「いるんだ？　誰？　僕が知ってる人？」

「そっちに反応する？　告白じゃねえよってツッコミは？」

「本当に好きな人がいるの？」

「なんでそんなに前のめりなんだよ？　恋バナ好きだった？」

「うーん、どうだろう？」

　直は首をかしげる。

　聞き役の経験ならば何度かあった。女子が多い部活にいるせいか「〇〇くんのこと教えて」みたいなお願いも受けてきた。「そっちは好きな人いないの？　協力する」と言ってくれた人もいたけれど、直が恋愛協力を頼む機会はなかった。

　初恋にいい思い出がなかったから、恋人が欲しいなんて思えなかった。

　直は香が好きだ。

　でも、彼女と付きあうとか彼女に勝つとかイメージできない。だからこの気持ちは、たぶん恋愛感情でもライバルへの闘争心でもないのだろう。

　それが直の課題でもある。

「結局、東さんに勝てそう?」

放課後の調理室で、調理部の寺内(てらうち)副部長に直は問われる。来週はみつまめを作ることが決まり、雑談していたらいつのまにかそんな流れになった。

きっかけは柊(ひいらぎ)部長だ。

「だいぶ先の話だけど秋の文化祭でうちは毎年、茶店を運営してる。煎茶(せんちゃ)、ほうじ茶、紅茶、コーヒー。抹茶(まっちゃ)は茶道部と被るから扱わない。一年生のみんなはお菓子や凝(こ)った料理の腕前を披露したいかもしれないけれど、大量の売れのこりを経験した黒歴史が代々語りつがれていてね。調理部員推薦のグルメマップを作るから、どの店を紹介したいか考えておいて」

候補店舗を調理部員たちが口々に言う。直は将棋喫茶胡桃(くるみ)の名をあげた。グルメ情報にさとい部員たちは取材拒否の名店として知っていた。

「東さんのおじいさんの店だね。へえ、ご家族にはすでに会ってるんだ?」

と、にやにやした顔の寺内副部長にからかわれた。しかも「勝てそう?」なんて直球すぎる質問に直はたじろぐ。

「勝てないとは思いますけど、棋譜をもらう予定です」

「それをもらったら勝てるの?」

「東先輩の過去の対局を知れば対策を練ることができます」

「じゃあ行ってきなよ。今すぐ」

「今ですか？」

思わず直が問えば、柊部長は「来週のメニューは決まったし、解散しよっか」と言う。するとか「えー」と残念そうな声が一年生から上がった。調理部では一応敬語を使うが、上下関係は厳しくない。

推しグルメ語りを続ける調理部員たちとわかれ、直は将棋部の活動場所である作法室に向かう。

暑さのせいか、春先は閉まっていた作法室の引き戸が開いていた。パチパチと響く駒音にまじって控えめな声量の話し声が聞こえる。

室内にいたのは香と清水を含めて五人。三年生が引退したうえ、立花のように足が遠のいた部員がいるからか少ない。なんだかさみしい。調理部は文化祭後に三年生が引退するそうなので、こんな感じかと想像してしまう。

ちょっとしんみりする直に気づいた清水が近寄ってきて言った。

「東から話は聞いた。棋譜が欲しいんだろ？　渡す条件がある。一局五枚でどうだ？」

「どうとは？」

「うちの問題児と対局したら報酬として、一局につき棋譜を五枚くれてやる。勝敗は問わない」

問題児という響きに直はひるむ。態度が悪かったり、性格が悪かったりするのだろうか。しかし現役の将棋部員と対局できる機会はありがたい。

「誰です?」

直が室内を見まわすと、清水は首を横に振った。

「今日はいない。だから問題児なんだ」

「幽霊部員ですか?」

「いや、三年が引退したあとに来なくなったんだ。もともと個人戦には出ないが、団体戦だけは出ていた。東とたった二人の二年生。後輩を引っぱっていく存在になってほしいんだがな」

「一応訊きたいんですが、何かトラブルがあったとか?」

「ない。まあしいて言うなら、東のほうがどうしても目立つから、部外者からは『じゃないほう』扱いされがちだったが今さらだ。苗字も偶然、方角つながりで西藤と言う」

清水はスマホで問題児こと西藤の写真を見せてきた。作法室での対局中の写真だ。細い銀縁フレームの眼鏡、ややくせっ毛、中肉中背。教室だと地味なタイプだが、将棋経験者と聞くと、おとなしそうな人ほど将棋が強そうになぜか思える。

それに将棋部と調理部のコラボ企画のとき、調理部の女子部員からではなく、直からクッキーを受けとった面々のなかにいた気がする。

「西藤は団体戦では毎回勝っている。身内びいきかもしれないが、個人戦に出場したら全国に行く可能性がある。居飛車も振り飛車も使いこなすオールラウンダー。鈴木にとってもいい練習相手だ」

「なぜ個人戦には出ないんです？」

「一人だと緊張するんだと。チームの勝利がかかった勝負をするほうが緊張しそうだがな。部長決めトーナメントでも東には負けた。西藤は二段。ちなみにお前が挑む予定の東は六段。アマチュアの最高位は基本六段で、それ以上は特例」

最高位と聞くと、直のやる気が縮みそうになる。清水はとどめをさすようにささやいた。

「奨励会6級の強さはアマチュアの三、四段だそうだ」

つまりプロを目指すレベル。もともとなかった直の自信が完全になくなる。直は対局中の香をちらりと見やってから、清水に小声でお願いした。

「……やる気が出る言葉もください」

「慰めるのは俺の役目じゃない。立花にでも頼めよ。あいつ元気か？　このまま顔を出さないなら、今後どうするか考えろと伝えとけ。やめるならやめるで仕方ない」

「立花にはそっけないんですね？」

友人である手前、直は気になった。西藤に対しては「後輩を引っぱっていく存在になってほしい」と期待していたのに。

「あいつはほかのことのほうが好きだろ。ほら」

と、清水は絵を描くようなしぐさをする。

「腰かどっか痛めたと聞いたが、廊下で見かけたときは元気そうだった。ほかにやりたいことがあるならそっちをやればいい。だが西藤は将棋が好きだ。ただ、先輩らしい振るまいが好きじゃないみたいだな」

それで言えば、清水は先輩らしい振るまいが好きなのだろう。

直だって知らない人に話しかけたり、対局を断られたりするのは平気じゃない。でも後輩を思う清水の気持ちを知ったら、がんばってみようかと思える。

西藤のクラスを聞いたあと、直は作法室を退室した。昇降口まで来ると、ズボンのポケットのスマホが震える。立花からメッセージが届いている。

『棋譜どうなった？』

心配してくれたようだ。少し考えてから返信する。

『将棋部の西藤先輩はどんな人？』

するとすぐに立花から電話がかかってきた。直が電話に出ると「長文打つのがめんどくさいから」と立花は言う。

「西藤先輩はいい意味でも悪い意味でもマイペース。東先輩目当てに入部した男子部員は塩対応されてやめて、同級生が全国一位になって比較されるから将棋に興味がある人もやめて、唯一残ったのが西藤先輩だけらしい」

うなずきながら直が聞きいっていると、背後から肩をトントンとたたかれた。振りむくと生徒会長の八乙女がいる。彼は口元に片手を寄せ、こそっとささやく。

「校内では通話禁止」

「すみません」

とっさに直は八乙女に謝ってから、立花に「ごめん、また」と言って電話を切った。

「うるさく言いたくないんだけど、一応ね。こんなことで先生の心証を悪くしたらもったいないし。それで東さんとの対局はどうなった？」

「まだ対局日程も決まってなくて」

「そうなんだ？　よかったらまた対局に誘って」

「ありがとうございます」

八乙女とわかれたあと、駐輪場に向かって歩きながら直は、清水が先月言っていたことを思いだす。

――負けそうになったから用事があるふりして投了したのかもよ？

――段位でマウントを取りながら、負けたときの保険をかけた。

八乙女にいい印象を持っていないようだが、直にはいい人に見える。しかしいい人ほど実は……というパターンもある。

校内の情報というか、噂話に詳しい人といえば調理部の寺内副部長だ。だが八乙女の名前を出せば、へんな勘繰りをされそう。

直は駐輪場の屋根の下で寺内副部長にメッセージを送る。

『東先輩の噂の発信源って誰か、知りませんか？』

返信があったのは夜。直が風呂上がりにスマホを見ると、こんな内容が届いていた。

『噂の真相が知りたければ、今から一時間後に送る文面を明日の朝見なさい』

意味がわからなかったので三回読んだ。

一時間後に真相を送るが、読むのは明日の朝。

よくわからなかったけれど、言う通りにした。

翌朝、直は目覚めてすぐ、寺内副部長から届いたメッセージを見る。飾らない言葉が並んでいた。

『これを朝読んでいたら、あんたは噂の発信源を探ることに向いてない』

『というか、朝読むだろうと思って打ってる』

『言われたことを守る素直な性格だと他人に利用されるだけ』

『正義感がから回って、むしろ守りたい相手に迷惑かけそう』

ぐさぐさと直の胸にささる。とくに正義感のくだり。交際対局を香に挑んだ直には反論できない。

最後はこう締めくくられていた。

『傍観者にならないことは大事。私が口を滑らせたとき、部長がとめてくれるみたいに。あんたはあんたの得意分野をやればいい』

得意分野とはなんだろう？

料理は一通りできるが、もっとうまい人はいる。

将棋も指せるが、もっとうまい人はいる。

アドバイスへのお礼を送ったあと、直は二つ折りの将棋盤を通学用のリュックに入れた。

得意分野だと胸を張れなくても、できることをやるしかない。

昼休みに急いで弁当を食べたあと、直は二つ折りの将棋盤を抱え、二年生の教室に向かった。中学生のような幼い顔や体つきの生徒がまざる一年生に比べ、二年生は顔も体つきも大人みたいな生徒が多い。

直が廊下を歩いていると「お、将棋の」「挑戦者ちゃんだ」と声をかけられる。駒落ち対局のお願いに回ったせいか、直が香に挑戦することは校内に知られているようだ。有名人というより、学校に迷いこんできた犬みたいに珍しい存在としていじられる。

将棋部の西藤はすぐ見つかった。教室の教卓に近い席で一人、スマホを触っている。話しかけるなオーラが出ていた気もしたが、直は思いきって声をかけた。

「すみません、調理部で一年生の鈴木です。話すのはほぼ初めてですね。よかったら対局してもらえませんか？」

直は自己紹介したあと、経緯を説明した。

話しかけられたら相槌(あいづち)を打ったり返事をしたりしそうだが、西藤は目も合わせてくれなかった。

「急に話しかけてすみませんでした」

しょんぼりして直が言うと西藤は「対局してもいいよ」と小声で言った。

予想外の答えに直は数秒、反応が遅れた。

「いいんですか？」

「清水先輩から聞いてる。断ってもまた来そうだから」

唇をほとんど開かない、くぐもったぼそぼそ声。

西藤の気が変わらないうちに、直は机の上に将棋盤を広げる。直が立ったまま対局しようとしたら、近くにいた女子生徒が「そこ座っていいよ」と西藤の右隣の席を指さした。日に焼けた肌にショートカット、体育会系の部活っぽい雰囲気だ。

お礼を言って直が椅子に座ると、西藤はぽつりとつぶやく。

「……こういうこと、言ってやれなくて」

「こういうこと？」

「後輩に気を遣うとか。自分のことで手いっぱいで、先輩たちにしてもらったことを、やってあげられない」

そう言いながら西藤は重い前髪を指先で掻く。直は調理部の先輩である高杉を思いだした。彼女も自信がなさそうだった。世話焼きの三年生がいると二年生は苦労するようだ。

「僕で練習したらどうですか？」

西藤の声の小ささに合わせ、直も小声でささやく。ひそめた声で続けた。

「僕は将棋の練習を西藤先輩とやって、西藤先輩は後輩への接しかたを僕で試す」

「いやでも」

「僕は東先輩相手に将棋で百連敗以上しています。それでもまた挑戦するんです。何言われても傷つきません」

すると西藤はふっと笑った。

「傷つける前提？」

「あ、すみません」

「いいよ。……じゃあ、よろしくお願いします」

おずおずと頭を下げられ、直も下げかえす。

その日から昼休みと放課後、直は二年生の教室で対局する日々が始まった。駒を並べる時間さえ惜しいので、直は弁当も持参して西藤と食べるようになった。

持ち時間五分切れ負け、つまり制限時間である五分を使いきったら負け、というルール。本番よりも短い持ち時間に慣れることで本番では焦らないよう、西藤が提案した。

西藤と過ごす時間が増えるほど、直は清水が言っていた意味がわかった。

――西藤は将棋が好きだ。ただ、先輩らしい振るまいが好きじゃないみたいだな。

西藤は腰が低い。直の悪いところを指摘するときでさえ、「すみません」とまず言う。

そういう先輩もいていいと直は思うけれど、西藤が想像する理想の先輩像は頼りになる兄貴肌のようだった。

西藤と対局するようになって一週間後。

昼休みに直が弁当と将棋盤を抱えて立ちあがると、近寄ってきた立花が直の腕をそっとつかんだ。

「さ、さみしい」

切羽詰まった声色だった。しかもわりと大きめの声。教室にあふれていた話し声がやんだ気がした。

思いがけず大声になったのが恥ずかしかったのか、立花は小声で言った。

「鈴木が将棋をがんばってるのは知ってる。でも、いつもいないのはさみしい」

「それなら一緒に行く？」

名案だと思って直が言えば、立花は嫌そうな顔を浮かべたがうなずいた。隣を歩きながら立花が尋ねる。

「負けるのはこわくないか？　次もどうせダメだって思わない？」

それを聞いて、立花が部活に行かないもう一つの理由に直は気づいた。将棋で勝てないことがつらいのだ。

そういえば、直が一度も勝てないまま一年近く将棋を続けたことを清水に驚かれた。今だって西藤には負けつづけている。

――次もどうせダメだって思わない？

直は首をかしげて考えこむ。

「僕が将棋を最初に覚えた場所には、おじさんとかおじいさんとか年上の東先輩しかいなくて、年下で初心者の僕は負けて当然の環境だった。だから負けることへのこわさはなくて、今もそれが続いているんだと思う」

直の答えに立花は「ふーん」と納得してなさそうな返事をする。

二年生の教室につくと、西藤が直を見て笑いかけそうになったあと、立花に気づいて口を真一文字に結ぶ。将棋部同士とはいえ、昼食を共にするのは初めてだから直は一応紹介した。

「知っていると思いますが、一年生で将棋部の立花です。友達です」

立花が浅い会釈をすると、西藤もぎこちなく会釈した。将棋部同士なのに、なぜか人見知りしている。

直が言った。

「西藤先輩、質問いいですか？　将棋で負けたあとのモチベーションはどうやって保っています？」

立花が何か言いたそうな顔をしたが、答えに興味はあるようでとめない。

西藤は無言で考えこみ、慎重に言葉を選んだ。

「他人じゃなくて、過去の自分と比べる」

「過去の？」

と、訊いたのは立花だ。

「たとえば詰将棋を解くときに解答するまでにかかった時間を計る。毎日やっていたら、その時間が少しずつ短くなっていく。ライバルより弱くても過去の自分よりは強くなれる。……先輩からの受け売りだけど」

西藤はずっと自分の手元を見ている。直や立花に話すのではなく、独り言みたいに。王様と呼ばれる同級生と比較され、『じゃないほう』扱いされた彼だからこそ、その言葉には実感が伴っている。

「ありがとうございます。参考になりました」

直がお礼を言うと、西藤はうつむいたまま小さくうなずく。

雑談が盛りあがらない昼食をおえたあと、直と西藤は対局した。持ち時間を計るのは、スマホの対局時計アプリ。大会ルールだと駒を持つ手でボタンを押すのだが、時間管理に慣れない直のタップミスは大目に見てもらっている。

今日も直は負けたが惜しかった。西藤らしくない凡ミスを連発し、いくつも駒を取れたから勝てそうな流れがあったのだ。しかしさすがというか、逆転されてしまった。

「負けました」

そう言って頭を下げてから直は気づいた。負けることはこわくない。次は同じ失敗をしないと励みになる。逆転されてさえ、こんな手があったのかとワクワクする。

直自身は自覚がなかったけれど、負けつづけられる性格は強みなのだ。挑戦しないうちは負けることさえできないから。

帰りぎわ、西藤に声をかけられた。

「すみません。気を悪くしないでほしいんだけど、今日の放課後は久しぶりに将棋部に顔を出したい。だから明日、また昼休みに来て」

またと言ってくれたのは初めてだ。直はニコッと笑って大きくうなずく。

「はい、明日また来ます！」

直と立花は一年生の教室に向かって歩く。しばらくしてぽつりと立花が言った。

「俺も行こうかな」

「行くって、部活に？」

「うん。久しぶりに部活に行くやつが一人より二人のほうが、清水先輩の説教も分散するだろうし」

仲間思いの発言だが、対局中に一人だけ蚊帳の外だったのが嫌だったのだろう。そう思ったが直はからかわない。

「それがいいと思う。西藤先輩は注目されるのが苦手そうだ」

「鈴木も来いよ。棋譜を写しに」

「うん、行く」

放課後、直と立花は作法室に向かう。遠目でも西藤が引き戸の前にいるのが見えた。

「入りにくいのかな?」

直が立花に小声で言えば、立花は「そうかも」とうなずく。西藤が直と立花に気づき、ほっとしたような顔をした。

あとからやってきた清水は立花と西藤が対局する姿を見て、直の頭をわしわしと撫でた。お手ができた子犬を褒めるみたいに上機嫌だ。

「棋譜だよな。好きなだけ持ってけ」

ドン、と畳に積まれたファイルから直は一枚一枚、スマホで写真を撮る。それだけでも時間がかかる地味な作業だ。

そばにいた将棋部員たちが口々に言う。

「改めて見るとすごい量」

「これ全部見るの？　本気で？」

問われた直は「はい」と笑顔でうなずく。

「棋譜並べが楽しみです」

棋譜並べとは、棋譜に書かれた対局手順を将棋盤で再現することだ。

同室にいた香の耳にも入っているだろう会話だが、いつも通り我関せずの態度だった。

その夜、直は自室で棋譜並べをした。プラスチックの駒を並べる手つきは、いまだに初心者っぽい。上級者っぽいかっこいい手つきには憧れるが、その練習に時間を割くのがもったいない。

それに駒の持ちかたにルールがないことは、将棋の魅力の一つだと思う。家業の手伝いをしている直は、体の一部が動かせず一般的な箸の持ちかたができなくて、顔見知りの店にしか行けないお客さんの愚痴を聞いたことがある。

マナーは大事だけれど、いろんな人を受けいれる度量の広さも大事だ。

念願だった棋譜並べだが、三局続けて挑戦者の反則負け。しかも動けない場所に駒を動かす初歩的なミス。交際対局のために将棋を覚えた初心者のようだ。

　直だって将棋は強くないけれど、自分を棚に上げてしまうけれど、香が彼らと対局することで将棋の研究になるとは思えない。

　息抜きに直がスマホを見ると、清水からメッセージが届いていた。

『終業式のあと、東の激励のために神社参拝するけど、お前はどうする？』

『将棋部じゃない僕が行っていいんですか？』

『今さらだろ。まあ神社までは来ないにしろ、東に一声かけてやれよ。ほかの生徒もたぶん、差し入れとか持ってくるだろうし』

　差し入れ、なるほど。

　香との対局で頭がいっぱいで、そっちを気遣う余裕がなかった。

　こういうとき、頼りになるのが調理部の先輩たちである。女性たちは男にはない発想をくれるだろうと思ったがみんなの返信はつれない。

『女なら女のことがわかると思うな』

『東さんと同じカテゴリーに入れるな』

　説教みたいな文言（もんごん）が送られてくる。たしかに男というだけで、一ノ瀬へのプレゼントの品を相談されても困る。

『本人に訊いたら？　サプライズ感は薄れるけど確実』

柊部長のアドバイスに従って、直は香にメッセージを送ろうとした。

たった一行、『差し入れは何がうれしいですか？』。しかし十分たっても送れない。香からは『気遣いはいりません』と言われそうな気がする。

訊くのはやめようかと思ったがタップミスで送信してしまう。声にならない悲鳴が漏れた。しかしすぐ、前向きにとらえた。リクエストしてもらえたらうれしいし、断られたら諦めがつく。

二十分後、香から返信があった。

『棋譜並べをした写真を送ってください』

まだ駒を片づけていなかった将棋盤の写真を送る。

『これであってます？　うれしいんですか？』

直は緊張よりも疑問が勝った。香がまた二十分後に返信をくれる。

『将棋の勉強をしていると、不安になることはありませんか？　この努力に意味があるのか。凡人の努力なんて天才にはどうせ通用しないのに』

不安。凡人の努力。

王様と呼ばれる香の言葉とは思えなかった。直が何も返せないうちに彼女からのメッセージがさらに届く。

『勇気がなくなったらこの写真を見ます。私に挑む準備をしてくれるあなたに恥じない将棋を指すために』

凡人じゃない、特別な人です。そう打ちこんでから直は頭を掻く。全部消して打ちなおした。

『棋譜並べしたら今後も写真を送っていいですか？』

『お願いします。返信は遅くなるかもしれません』

『返信なくていいです。僕が送りたいだけです』

その晩から直は棋譜並べをしたあと、香に写真を送る。基本的には返信はないが、おじぎをする三毛猫のかわいいスタンプがたまに返ってくる。

それだけで直はなんでもできる気がする。

七月半ば、夏休み前最後の調理部の活動日。

差し入れの相談をしたみんなに直が香とのやり取りをのろけると、調理部員たちからは白けた顔をされた。

「終業式当日は差し入れはなし？」

「それもさみしいよね」

そう指摘されてしまう。

将棋部の先輩たちにも相談したが、清水は「本人に訊け」とつれないし、西藤は「鈴木くんがくれるものならなんでも喜ぶと思う」と優しいが参考にならないことを言う。

困った直は日曜日の昼過ぎ、将棋喫茶胡桃に行ってみた。店の前の『かき氷始めました』ののぼりが気になる。しかもシロップはみぞれのみ。駅から少し歩いただけで汗ばむ陽気なので、かき氷に心が惹かれる。

直は店主にあいさつしたあと、カウンターに座ってかき氷を注文した。氷を削る小気味よい音に期待が高まる。今年の夏初めて食べるかき氷だ。

「はい、お待たせ」

ガラスの器に盛られたかき氷はこぶりだった。デザートにちょっと食べたいときにちょうどいいサイズ感。とろっとした透明な蜜をまとったきめ細やかな氷が口のなかで解ける。

直がしあわせな吐息を漏らしたら、一つ隣の席に座っていたおじさんが「うまそうに食べるなあ、みぞれ一つちょうだい」と注文した。

それからも注文が続き、忙しそうな店主に話しかけるのはためらわれた。会計時になってやっと直は店主に尋ねた。

「東先輩の好きなものってなんですか？」

「嫌いなものならわかる」

「なんです？」

「回りくどい態度」

　アイデアは得られなかった。仕方なく百貨店の銘菓（めいか）を見たり、手土産（てみやげ）向きの評判の店に立ちよったりしてから直は夕方には自宅に帰った。あちこち歩いた疲れのせいか、冷房のきいた屋内と照りつける日差しを行き来したせいか、頭がぼうっとする。

　自室で横になったあと、その晩は夕飯を食べず、棋譜並べをしなかった。それが心残りだったのか夢を見た。

　中学一年生の香と小学六年生の直が対局する夢。どこにいるかはわからない。テーブル以外は真っ暗。スポットライトを浴びたかのように二人だけが浮かびあがる。

「弱い人とは指したくない」

　香が冷たくそう言い、直は何も言いかえせずにうなだれる。

　目を覚ましたあと、夢だとわかっていても苦しくなった。誤解だとわかった今でさえ、まだ傷ついている。

　好きなタイプを訊かれた香は、こう言っていた。

——……弱くても優しい人がいいです。

それでも直は強くなりたい。将棋の強さだけではなく、人として。

弱いから、いや自信がないから好きな人にさえ劣等感が消えない。

汗でびっしょりと濡れた体は気持ち悪いが、スマホの時計を見ると深夜二時。シャワーを浴びると家族を起こしてしまう。そっと静かに洗面所に行き、濡らしたタオルで体をぬぐう。

寝間着を着替えたあと、スポーツドリンクを飲んだ。カラカラに乾いた体に染みいっていく。自室に戻って勉強机の引きだしから将棋部の部誌のコピーを取りだし、詰将棋を解きはじめた。頭が詰将棋だけになり、ほかの悩みを忘れられる。

五手詰まではスムーズに解けるが、最難関である十一手詰はまだ難しい。

ふと小腹がすいていることに気づいた。何かちょっとつまめるもの。甘くて手が汚れないもの。でもしょっぱいものも捨てがたい。

そう考えてから直はつぶやく。

「あ、差し入れはこれにしよう」

そしていよいよ七月下旬、終業式。

梅雨明けした夏らしい陽気だ。立っているだけで汗がうっすらにじむ。

放課後、直は作法室の前で香を待つ。担任の雑談の長さによって教室から出るタイミングが違うため、彼女はなかなか来ない。

立ったり座ったりぐるぐる歩いたり、直は落ちつかない。作法室にやってくる将棋部員たちは小さな紙袋を持った直を見て「東先輩待ち？　がんばれ」と励ましてくれる人がいれば、「その差し入れ、俺のか？」と茶化してくる人もいる。

三十分ほどたったころ、廊下の向こうから歩いてきた香はすでに手提げ紙袋を五つぶら下げ、花束を抱えていた。

ライバルの多さを憂うべきかもしれないが、直は結構うれしかった。香に関するへんな噂を信じていない人がたくさんいる証拠だ。

「荷物が多いのにすみません」

直は小さな紙袋を香に差しだす。

「棋譜の写真以外にも何か渡したくて。甘いのとしょっぱいの、どっちが好きかわからなくてどっちも入っているお菓子を買いました」

洋菓子は祖父の店で食べなれていそうだから和を選んだ。花の形をしたそばぼうろやせんべい、甘い落雁が入った一口サイズのお菓子の詰めあわせ。

「ありがとうございます」

青い薔薇の花束を直に渡して、香はあいた片手で紙袋を受けとった。甘い香りがするので本物の花かと思ったら造花だ。

香が苦笑した。

「……実は手作りの何かを期待してしまいました。調理部さんが作ったお菓子がおいしかったから」

「そうだったんですか？　リクエストしてもらえたらなんでも作ります！」

「なんでもですか？　考えてみます。写真もいつもありがとうございます」

そうおじぎしたあと、花束を受けとりなおした香が作法室へと入っていく。

差し入れを渡す一仕事をおえ、直はひとまずほっとした。昇降口に向かいながら、香に作りたい料理を考える。

差し入れを探していたとき、食べる宝石と呼ばれる琥珀糖が気になった。表面がシャリッとした歯触りで、透明度の高い見た目が涼しげ。ラムネとか夏らしい味つけの商品展開がされていた。

ただ、作るとなるとすごくたいへんらしい。独特の食感は数日乾燥させることで生まれる。手間を考えるとハードルは高いけれど、香が食べてくれるなら挑戦してみたい。

でも一番作りたいのは香がリクエストしてくれる料理だ。

直の夢が広がっていった。


夏休みになると、小中学校の友人と久しぶりに遊びに行った日を除き、直の予定は店の手伝いと西藤との対局で埋まる。

将棋アプリを通じたオンライン対局後、通話で対局内容を振りかえっていたら、西藤がふと思いだしたように言った。

「東さんが出てる番組の録画があるよ」

「観たいです！」

「それなら、……うち来る？」

直の体感としては「うち来る？」と言いだすまで一分かかった。ありがたい提案だし、すごく勇気を出した発言だと伝わってきたので「行きたいです！」と元気よく答えた。

上賀茂（かみがも）神社にほど近い、日本家屋の民家が西藤の家。出迎えてくれた西藤は私服だが、ポロシャツにスラックスで制服姿と印象があまり変わらない。直はTシャツとジーンズ。

平日の昼過ぎなのでご両親は留守で、同居しているおばあさんから麦茶と水ようかんをいただき、仏間に隣接した居間でテレビを観る。

撮影は一年前、香の全国優勝直後だ。見慣れた作法室が映った。テレビ越しに将棋部員たちを観るのは誇らしいような、照れくさいようなへんな感じだ。みんな今より少しだけ幼い印象。西藤はカメラの端に見切れたり、ほかの部員の背後に隠れたりしている。

ナレーションによると、大会は二日にわたって開催されたそう。個人・団体ともに予選トーナメントと決勝トーナメントがある。直は知らなかったので、素直に「へえ」とつぶやく。西藤が「他府県での開催で泊りだから、去年は顧問と選手だけが行った。今年はコーチも行くのかな」と補足説明してくれた。

「仲間からの声援がないと不安……じゃないですね」

一般論を口にした直だが自分自身で打ちけす。スポーツ観戦とは違い、将棋の対局中はむしろ黙っているほうが応援になる。

若い女性アナウンサーが香に訊く。

「髪の毛がおきれいですが、将棋を指すときに邪魔にならないですか？」

「量が多くてストレートだから、結んでもほどけてしまうので」

トレードマークみたいな黒髪ロングは将棋に最適化した髪型らしい。

「二連覇を目指してがんばってください。応援しています」

と、アナウンサーが締めくくって放送がおわり、西藤がぽつりと言う。

「実際のところ、二連覇は難しいと思う。予選落ちの可能性もある」

厳しい評価だ。

「それはやっぱり、優勝者はマークされるからですか？」

「うん、参加者全員が研究してくると思う。全国常連校やプロを輩出した高校と違い、弱小校のうちは勝つためのノウハウが足りてない。東さん対策ならたとえば……」

「待ってください。興味はあるんですが聞きたくないです」

直が食いぎみにとめると、西藤はきょとんとする。

「鈴木くんにも役立つ情報だと思うけど？」

「役立つからこそ聞きたくないです。東先輩の将棋を知っている人から直接聞くのは、ズルしているみたいで嫌です」

「……すみません、余計なお世話だった」

気まずそうに西藤は視線をさまよわせ、テーブルに用意していた卓上将棋盤に目をとめる。

「対局する？」

「はい、ぜひ」

おたがい無言で駒を初期配置に並べる。西藤がふと手をとめた。

「やっぱり言わせてほしい。先輩は後輩のためにアドバイスをすると思う。鈴木くんは練習するよう言ってくれた。だから言わせてもらう」

鼻息荒く意気込んで続ける。

「東さんは居飛車党だ。鈴木くんも居飛車党。となると居飛車同士、『相居飛車』の戦いになる」

いつもは腰の低い西藤が将棋の話となると熱が入る。

「意表をつく作戦を試した挑戦者もいたけど、東さんには勝てなかった。東さんの強さの根底にあるのは負けず嫌いなこと。絶対に勝負を投げださない。とくに終盤での正確さとスピードが秀でている」

西藤の評価に直はこくこくとうなずく。香が褒められると自分のこと以上にうれしい。

「鈴木くんは東さんと似ている。勝負を最後まで投げださない。でもミスしたと思ったときに顔に出る。まずいという顔をするから、それがこっちのヒントになる。顔が見えないオンライン対局より、向かいあって対局したときのほうが弱く感じる」

一気に言いおえると西藤は急にしゅんとして「すみません、言いすぎました」と謝る。

直は慌てて首を横に振った。

「先輩の言う通りです。……本当にその通りです。言いにくいことを指摘してくれてありがとうございます」

直がまじめな顔で言えば、西藤はいくらかほっとしたようだ。

「鈴木くんはこれで勝つと思う武器を磨いたらいいと思う。得意戦法ができたら自信もっいて、少しのミスぐらいで動じなくなる……かも」

これで勝つと思う武器。

今まで対局してきた西藤の評価だからこそ、直はしっかり受けとめる。

西藤はスマホを取りだして言った。

「今後は東さんとの本番に合わせた持ち時間で対局しよう」

「はい、お願いします」

それから二局指したが、西藤は二回とも居飛車を選んだ。香の将棋をイメージしたのだろう。定跡を踏まえた王道の将棋。

じりじりと追いつめられる感覚は直が長らく忘れていたものだ。将棋盤から目を上げると、香が座っているような錯覚さえ覚える。

「負けました。すみません、頭が回らなくなってきて、今の内容は本当によくなかった」

しょげた直に西藤がぼそぼそ声で言う。

「練習したらいい。最初にそう言ってくれたのは鈴木くんだよ」

先輩風を吹かせるのはまだ照れがあるらしい。その不器用さがなんだかいじらしい。

小休憩の一服をしていると、西藤がふと尋ねた。

「立花くんは元気？」

「元気だと思いますけど、……もしかして部活に来てないですか？　今日の午前中は将棋部の部活があったんですよね？」

直が訊きかえすと西藤が青ざめる。立花の秘密を漏らしたと思ったらしい。西藤は慌てて言った。

「元気ならいいんだ。本人のやる気が大事だから、聞かなかったことにして」

直はうなずいた。しかし帰宅後にやっぱり気になった。

夏休みに入ってから立花とは遊んでいない。立花がネットで見つけたおもしろ動画を毎日送ってくるので、やり取り自体はしていた。

部活に行っていないなら将棋部をやめる気なのか、体調でも崩しているのか。

『たまには会って遊ばない？』

直が立花にメッセージを送ると、すぐ返信がある。

『悪い、予定が埋まってる！　モテる男はつらい！』

　モテないだろ、と一瞬思ってしまったが、一万人フォロワーがいるから実はモテてる可能性はある。まあ予定があるくらい元気ならよかった。


　八月に入り、調理部のグループチャットで柊部長が『夏こそ湯豆腐！』とランチ仲間を募集していたので直は参加した。石川五右衛門の「絶景かな、絶景かな」で知られる南禅寺周辺は湯豆腐を出す店が多く、高校生でも入りやすい価格帯もある。

　自由参加だったが、平日でも調理部員がほぼ全員集まった。和をコンセプトにした服装指定があったので直は甚平を着た。みんなはアクセサリーや柄のモチーフで和を選んだ洋服だった。錦鯉が跳ねる柄シャツを着た寺内副部長はサングラスまでかけていたから、遠目だと誰なのかわからなかった。こういう場が苦手そうな高杉もいた。厳しい暑さのせいか日傘持参。日焼けしたくないのか、大きめの長袖シャツと袴っぽいシルエットのワイドパンツ。

　高級旅館のような純和風の店構えで、坪庭が望めるお座敷に通される。みんな地元住民なのにどこか観光気分だ。

湯豆腐目当てだったはずだが、いざお品書きを見ると調理部員たちは鰻や天ぷらを注文しだす。直も心惹かれたけれど、さみしそうな柊部長を見て湯豆腐を頼んだ。和のコンセプトの言いだしっぺの彼女は市松文様のワンピースだ。

料理を待つ間、柊部長が直に問う。

「東さんへの差し入れは何にしたの?」

「せんべいとか落雁の詰めあわせを」

するると調理部員たちからため息が漏れた。「おばあちゃん家のおやつ」というつぶやきも聞こえた。柊部長がフォローするように言った。

「プレゼントは渡す気持ちが大切だよ。なじみのあるお菓子のほうが食べやすいし」

柊部長の隣で寺内副部長がぼそりと言う。

「さすが祇園祭の屋台で清水に貢がせた女は言うことが違う」

祇園祭は八坂神社の祭礼だ。道路を封鎖した歩行者天国では屋台が並ぶ。

柊部長がぎょっとし、調理部員のとくに三年生たちは「清水と?」「将棋部の?」「教えといてよ」とざわつく。寺内副部長は口元に人さし指をそえる。

「みんな静かにしよ。部長もね」

落ちついた店内を利用し、柊部長の反論を封じる。柊部長の性格を知っている調理部員たちは、貢がせたなんてもちろん信じない。だがデートはしたのだろう。そして寺内副部長は秘密にされたあてつけをした。

柊部長から恋愛相談を受けていた直はうれしくなった。お祭りデートなんてうらやましい。

ほどなく料理が運ばれてくる。湯豆腐を頼んだことで直が不安だったのは、自分の舌でうまさを感じられるかどうかだ。大人向けの繊細そうな味である。

一人分の小さな鍋の湯豆腐は、ほどよいかたさの絹ごし豆腐で箸でも持ちあげやすい。芳醇な出汁と共につるりと飲みこめる優しい味わい。たしかに暑さで食欲がない夏こそ食べたい味だ。

濃厚な大豆のうまみを直がかみしめていると、柊部長と目が合う。湯豆腐で正解でした、と伝えるために直はうなずくと、彼女は満足そうにうなずきかえす。

誘われなければ、学校の仲間とこういった店に来る機会はなかった。部活でのつながりはいろんな経験をくれる。コンテストや大会での好成績以外にも価値がある。だが成績はわかりやすい評価だ。

香の全国大会を数日後に控え、直はどこか緊張している。香にとって引退試合でもあるからだ。

マ性が香にはある。

——実際のところ、二連覇は難しいと思う。予選落ちの可能性もある。西藤の評価を思いだす。それでも彼女なら勝つのではないかと、期待してしまうカリスマ性が香にはある。

そして全国大会初日。

夏の夕方らしい積乱雲が空に居すわる。家業の手伝いをしていた直は、夕立に備えて店の前に傘立てを置いた。ついでに道路のレシートごみを拾い、隣近所のごみも拾う。

店内に戻ると姉が「優等生がいるとさぼれない」と不満そうに言う。長い付きあいだから、休憩をうながす言葉だとわかる。

大会が気になってそわそわする直は、朝から体を動かしつづけていた。

ごみ箱にごみを捨てたあと手を洗っていると、ズボンの尻ポケットに入れたスマホが震えた。立花からの電話だ。慌てて階段を上がり、最上段にしゃがみこむ。

電話に出たら開口一番、立花が言った。

「ダメだったあ！　初持ちこみでデビューは無理だったあ」

「え、ん?」

ダメだった、と聞いて、香の予選敗退の知らせかと思った。

持ちこみ？　デビュー？

直が戸惑う間も立花は続ける。外から電話をかけているようで、歩行者信号の音が聞こえた。

「今、東京！　出版社に漫画の持ちこみ行ったんだよ。五社も回ればどれかひっかかるだろうと思ったら全敗だった。『次また持ちこんでください』って言われたけど、お世辞？　本気？　どっちだと思う？」

「あー……、やっと理解が追いついた。本当に持ちこみに行ったんだ？　どんな漫画描いたの？　見せてよ」

「やだ！　デデーンと誌面に掲載されてから見せたかった。でも来てよかった。漫画を仕事にする人と話せて楽しかった。だから、……俺」

ハイテンションだった声のトーンが急に下がる。立花はためらうように言いよどんだが、やがて言った。

「将棋部をやめるわ。第一志望の出版社の予約を取れたのが今日で、東先輩の大会がある日なのに先輩を応援する気持ちより、どうしてもこっちを取りたくて。それで結局、全敗だったんだけど」

罰が当たった、と笑いとばす。

「絵は褒めてもらえた。挿画やコミカライズを目指したらとアドバイスをもらえた。もっとがんばりたくなった。もっと時間を割いて、もっと本気になりたくなった」

立花のなかで退部は一大決心だったのだろう。漫研志望だと聞いていたぶん、反対する理由はない。しかも持ちこみをすすめたのは直だ。

それなのに立花が退部を言いだしにくかったのはきっと理由がある。

——俺が部活に行かなくても俺ら友達だよな？

心配しなくていいことをまた、心配しているのだろうか。

その気持ちは直だって理解できる。将棋をやめたから将棋喫茶胡桃に行けなくなった。飲食できる場だから食事するために行けばよかったのに。

いちいち言葉にするのは照れくさい。でも言わないと伝わらない。直は口元を覆うように片手をそえ、一階にいる家族には絶対聞こえないように告げる。

「教えてくれてありがとう。久しぶりの対局相手が立花でよかった。本気で対局してくれた立花じゃなかったら、今まで続いてなかった」

「ちょ、泣いちゃう。東京の道端で泣いてたら夢破れた若者だと思われる！　俺の夢はこれからなのに」

本当に泣きそうに上ずった声だったから、直はつい笑ってしまう。

「立花のそういうところ好きだよ」

「ごめん、俺、好きな人いて」

「だからその好きな人って誰？　帰ってきたら教えて。漫画も読みたい」

笑いあって電話を切る。階段の下のほうから、いつのまにか姉が見上げているのに気づいて直はぎょっとする。

姉は意地悪そうに口角をつりあげ、厨房（ちゅうぼう）にいるみんなに向かって言った。

「今日はカップルだけ倍額を払ってもらおうよ。振られたばっかのやつには目の毒だから」

からかいのネタを提供してしまった。直は力なく壁にもたれかかる。

その後、清水と西藤からそれぞれ、香が予選トーナメントを突破した知らせが来る。二人の気遣いがありがたい。

直のスマホには香の連絡先が登録されている。しかし応援の言葉をかけるのはためらわれた。彼女の頭は今、将棋のことでいっぱいだろうから。

直は将棋アプリを起動する。オンラインでは友人との対局以外にも全国のユーザーと対局ができる。マッチングされるのを待つ間、西藤のアドバイスがよぎる。

——これで勝つと思う武器を磨いたらいいと思う。

香が準優勝だったという知らせは、翌日の昼過ぎに届いた。

昨日はりきって働きすぎた直は強制的に休まされ、自宅のリビングで冷やしうどんを食べようとしたタイミングだった。

まず清水、次に西藤から報告があった。

二連覇が期待されていたぶん、その結果を知ったとき直はなんとも言えない気持ちになった。残念だが同時に誇らしい。準優勝はもちろんすばらしい成績だ。

連絡をくれた先輩たちに直が返事をしていると、香からメッセージが届いた。

『明日、朝九時に将棋喫茶胡桃で対局できませんか?』

驚いた。対局は学校でするものだと思っていた。せっかくの誘いだからもちろん受ける。

『ぜひお願いします』

『八時は難しいですか?』

営業時間である九時前に対局をすませたいのだろうか。そう思って直は『行きます』と返した。

『いえやっぱり、九時でいいです。朝早いと負担でしょう』

『ぜんぜん負担じゃないです。八時行けます』

『では八時で』

大会後すぐに対局を誘ってくるだなんて将棋好きすぎる。負けて落ちこんでいる感じでもなかった。

高校生活最後の大会ともなれば、思い入れもあるだろうに。やっぱり常人とは考えかたが違うのか。

と、思っていた直だが翌朝、香を見たら自分の間違いに気づいた。

将棋喫茶胡桃の二人掛けのテーブル席に座っていた香は、泣きはらしたあとなのか目が充血し、まぶたが腫(は)れている。あんまんみたいにパンパンだ。クールに整った顔立ちは見る影もない。負けてめちゃくちゃ悔しかったようだ。

直も香も制服姿だった。直は対局に向かうならば正装したかったからで、香のほうはどう思って制服なのかはわからない。

「今日はよろしくお願いします」

直はかたい顔でそう言って、彼女の正面に座る。大会結果について触れないほうがいいと判断した。この顔を見ると「おめでとう」も「惜しかったですね」も言いづらい。

香は普段通りみたいな口ぶりで言った。

「急なお願いを聞いていただき、ありがとうございます。これは個人的な誘いです。学校での対局とは違い、持ち時間なしでいいです」

つまり制限時間がない対局。その提案に直は拍子抜けした。短い持ち時間に慣れている直はむしろ、どう戦うべきか迷うところだ。

卓上将棋盤のそばに小さくて平べったい『駒台』もそろっている。駒台は取った相手の駒を置く場所。卓上で指す場合、なくてもいいのだけれど、あったほうが本格的だ。木の駒も将棋盤もよく使いこまれて磨かれ、もはや風格さえ感じられる域である。

駒を初期配置に並べおえると、香が自分の歩兵を五枚取って、両手のひらの間でシャカシャカと動かす。表裏の枚数で指す順番を決める『振り駒』だ。その手つきがいかにも慣れている。

振り駒は目上の人や上位者がやる。将棋盤の上、駒が並んでいないスペースに手のなかの駒をそっと放る。その結果、直が先に指す先手になった。相手より一手多く指せるぶん、先手が有利とされている。

歩兵を並べなおしたあと、香と直は目が合う。

「お願いします」

「お願いします」

一礼しあい、直は将棋盤を見つめる。

結局、香に勝つ方法は見つけられなかった。だからこそ直は、香が昔教えてくれた『棒銀』をやると決めていた。将棋初心者が最初に教わり、プロの対局でも採用される戦法。攻撃力の高い飛車と攻撃向きの銀将を連携させ、棒のように銀将を前進させる動きからついた名前。覚えやすいうえ、うまくいけば破壊力が高い。

そのためにまず、直は飛車の進路を塞いでいる歩兵を一マス前進させる。その動きを『突く』と言う。将棋の二大戦法のうち、居飛車で行くと宣言する一手でもある。

すると香も飛車先の歩兵を突く。細い指で持ちあげた歩兵が将棋盤に下ろされる。パチッ。空気を裂いた軽やかな音。香が指した歩兵が白く輝いて見えた。

好きだ。

ストン、とその気持ちが直の胸に落ちてきた。

駒が光って見えるのは照明の加減。駒音が美しく響くのは熟練した技術のおかげだ。全部説明できる。でもそういう理屈は頭からふっとんだ。

将棋を指す香が好きだ。

百回以上負けても彼女に挑んだのは、この席を誰にも譲りたくなかったからだ。好きな人の一番かっこいい瞬間を特等席で見ていたかった。

飛車先の歩兵を突いた一手は居飛車の宣言。西藤の予想通り、居飛車同士相居飛車。

直が飛車先の歩兵をまた一マス前進させると、香も飛車先の歩兵を一マス前進させる。マネしているようだが、縦と横方向に何マスも動ける飛車を活かすためだ。

おたがいが飛車先の歩兵を前進させた形は『相掛かり』と呼ばれる。相居飛車における代表的な戦法の一つ。直が使いたい棒銀とも相性がいい。出だしが同じ『横歩取り』の可能性もあったが相掛かりの定跡通り進む。

将棋初心者は王様を守るように教わる。それを『囲い』と言う。相掛かりは王様を囲わず戦う急戦にも、王様を囲んでから戦う持久戦にもなる。

直は持久戦を選びたかったが香が許さない。将棋の憂いは将棋で晴らすとばかりに鬼気迫る勢いの香は、ほぼノータイムの早指しだ。早指しに慣れていた直はつい、そのペースにつられる。短い持ち時間の準備がむしろ裏目に出てしまった。

おたがい王様を囲わないまま、両者の駒がぶつかる。激しい攻めあいが続く。決着は早かった。直はいいところを見せたかったが、棒銀は失敗におわった。全部の駒を取られる全駒はさすがに免れたけれど、一瞬たりとも有利だと思える展開にはならなかった。

情けない。しかし圧倒されてもなぜかうれしい。対局相手をボコボコにするだけの元気が香にある証拠だから。

「……負けました」

直が頭を下げると、香も下げかえしたらしい衣擦れの音がした。

「研究していることはわかりますが、私もあなたもおそらく同じ戦法書を読んでいるため、成功例も失敗例も把握済み。こう戦いたい、こうなってほしいという構想力があなたには足りない。昔、言いませんでしたっけ？　将棋は」

「相手が嫌がることを考える？」

顔を上げた直がそう言えば、よくできましたというように香がほほ笑む。

店主がアイスコーヒーを運んできた。お礼を言ってから、直は香にお願いする。

「もう一局、次は香落ちでお願いします」

この場合の香落ちは、香の香車の駒が一枚少ないハンデをつけることだ。

賭けだった。

昔から香はハンデなしの平手でしか勝負を受けない。しかし急な誘いをしてきた彼女だ。対局相手に飢えているはずである。

直の強みはたった一つ。

負けても心が折れないところ。

どうせ勝てないと勝負から逃げない。戦って負ける。挑みつづけられる。

アイスコーヒーを一口飲んだあと、香はうなずく。

「いいですよ」

しかし香落ちでも直は負けた。それから対局で負けるたび、ハンデを大きくする。角行落ち、飛車落ち、二枚落ち。まだ負ける。

「次は四枚落ちでお願いします」

直が言うと香がうなずく。そのタイミングで店主がアイスコーヒーのおかわりとグラスに入ったミニパフェを運んできた。

おかわりをもらうぐらい時間がたったのか、と直が柱時計を見上げれば十時すぎ。開店時間中なのにお客さんは来ない。一ノ瀬たちと話した日のように〈臨時休業〉のプレートを掲げているのかもしれない。

「ありがとうございます、いただきます」

直は店主にお礼を言って、グラスを手に取る。サイコロ状にカットした胡桃のパウンドケーキとバニラアイス。しっとりとしたパウンドケーキと溶けかけの緩めのアイスが合う。大きめの胡桃のカリッとした歯触りとほろ苦さが懐かしく、直がしみじみと味わっていると、香がなぜか不満そうに言う。

「それ、昔から好きですよね？　ここに通っていたのは将棋より、ケーキ目当てだったでしょう？」

まさかの問いかけに直の目が泳ぐ。

将棋よりケーキより、会いたい人がいたからだ。しかし本人には言えない。香は告白され慣れているだろうが、直は告白経験が一度もない。恋愛から距離を置いていたからだ。

直が何も答えられないでいると、香はわざと聞かせるようなため息をついた。

「好きなタイプですけど、将棋が強い人がいいです」

「はい？」

「以前、訊きましたよね？　好きなタイプ。弱くても優しい人がいいと言いましたけど、あれは間違いでした。強い人がいいです」

「……はい」

直の口に残ったアイスの甘さが急に色あせる。

「本当にわかりました？」

香が目をまっすぐ見て念を押す。直は心が潰れそうだった。

連戦連勝している香が「強い人がいい」と言うならば、それはもう、告白前から振られているじゃないか。

「わかりました」

弱りきった声を出して直がうなずくと、香はほっとしたように笑った。いじめっ子の顔ではなく、年相応のあどけない柔らかい顔で。ドキッとして直が目を離せないでいると、髪をかき上げた香の赤い耳があらわになる。

香は恥ずかしそうに目を伏せて、ぽつりと言った。

「だから次は勝って」


夏休み明け、自転車を押す直と香が一緒に校門をくぐると、ほかの生徒たちの視線が突きささった。遠慮のない視線は夏の日差しよりギラギラしている。直は戸惑ったが香は慣れたものだ。全国優勝経験がある美少女は注目されるのが日常らしい。

廊下で香とわかれ、直が一年生の教室に入るとすぐ、クラスメートに囲まれた。

「おめでとう！」

「まじか」

「やってくれたな！」

大きな拍手に包まれる。

そこで直はやっと、みんなの勘違いに気づいた。一緒に登校したから、直と香が付きあったと思っている。直が香に交際対局を挑んでいたのは周知のことだ。

「たまたま校門の前で会っただけ！　それだけだから」

焦って直が言えば、明らかにがっかりしたクラスメートたちは解散していく。

それから学校が始まって一週間、さまざまなことが起きた。

まず香は将棋部をやめなかった。優勝奪還に燃えているからだ。退部予定だったのは、直以外だと一部の将棋部員しか知らなかったようで、表面上はとくに変化はない。

差し入れ料理のリクエストは「優勝するまでご褒美はお預けにします」と言われた。さみしいやら、ご褒美と言われてうれしいやら。

次に立花は将棋部をやめたが漫研に入らなかった。持ちこみの漫画は直にも見せてくれなかった。「ダメだった漫画を見せたくない」と。

「おもしろい漫画を次描いたら今度こそ漫研に入る！」

と、言っていたが、その日はいつになることやら。

そして一番大きな変化。生徒会長の八乙女が停学になった。

香の両親が開示請求した中傷アカウントの正体が八乙女だったらしい。彼を慕っていた一部の生徒が抗議のため、署名活動をしようとした。

だが八乙女のもう一つの裏アカが暴かれると署名活動はなくなった。ほかの生徒から相談された内容をバカにした口調で書いていたらしい。八乙女にしか話していない内容だったことから、彼のアカウントだと断定されたそうだ。

このタイミングで裏アカがさらされるなんて、前々から恨みを買っていたのだろう。

停学前、たまたま廊下ですれ違った八乙女に直は声をかけられた。

「一つだけ言わせてくれ」

「言わないでください」

直が言いかえすと、八乙女は目を丸くする。直ははっきり告げた。

「僕を傷つけるための言葉なら言わないでください。僕のためじゃなく、自分自身のために」

八乙女は不満そうだったが何も言わなかった。説得に応じたからではなく、損得勘定を働かせたのだろう。八乙女は直のズボンのポケットあたりをちらりと見た。録音している可能性を考えたのかもしれない。

彼の背中を見送った直はなんだかすっきりしなかった。

他人を悪く言ってしまうことはあると思う。しかし発言がエスカレートしてしまったのは、おもしろがった人が周囲にいたからじゃないか。

香の噂の発信源を知りたがった直に対して、寺内副部長は「傍観者にならないことは大事」と言っていた。「あんたはあんたの得意分野をやればいい」とも。

香のために何ができるか直は考えて、考えて、考えつづけた。


九月半ばになっても残暑が厳しい。夏の気配がなかなか消えない。

ある日の放課後、直は「大切な話があります」と香を呼びだして、人けのない校舎裏で二人きり。

何か期待するようにそわそわと落ちつかない香に、直は真剣な面持ちで言った。

「東先輩への新たな挑戦希望者が現れたと聞きました。もしよかったら挑戦を受ける条件として、僕との対局に勝つことを追加してもらえませんか？」

その提案に香はきょとんとした。

「あなたとの対局？　私への挑戦権を賭けてあなたが三番勝負をやったみたいに？」

「はい、そうです。棋譜並べをしたから、東先輩への挑戦者のなかには駒の動きすら覚えていない人がいると気づきました。そういう人をふるいにかけるためです」

将棋の研究のため、香は今後も将棋部外からの挑戦を受けるそうだ。そんな彼女の芯の強さが直は大好きだ。しかし香が直と登校したことで「あいつでもいいなら俺もいける？」と思われたのか、新たな挑戦希望者が複数人現れた。

直は悔しかった。もっと僕がかっこよかったら、と。香の隣にいたのがたとえば一ノ瀬だったら美男美女だと思われただろう。

見た目や性格はすぐには変えられない。だが直には将棋がある。受験と将棋を両立したい香の貴重な時間を守りたい。おもしろ半分で香に挑戦する人を減らしたい。

香は「わかりました」とうなずき、交際対局の番犬役を任せてくれた。

「実戦経験を増やして僕自身のレベルが上がれば、東先輩にもハンデなしで勝てるかもしれませんね」

夏休みの対局では結局、四枚落ちでようやく香に勝てた。

——だから次は勝って。

香にそう言われると直はがんばるしかない。もちろんそれ以前もがんばっていたけれど、駒落ちでの勝ちは誇れない。やっぱりハンデなしの平手で勝ちたい。

交際対局の番犬役で対局経験を積めれば一石二鳥だ。

ほくほくと笑顔を浮かべる直に香は淡々と言った。

「私に勝つなら人生をかけないと無理です」

「……厳しい評価ですね」

「そう聞こえました？」

　香は不思議そうに首をかしげた。

「あなたの人生をかけて、私に勝ってほしいと言ってるんです」

「人生百年時代だし、八十年以上勉強しないと僕は東先輩には勝てないという意味ですよね？」

「本当に伝わってないんですか？」

　香に不機嫌な低い声で問われ、直は戸惑う。何か間違えていることはわかっているが、何を間違えたかはわからない。

　香は諦めたように首を横に振り、「もういいです」と言った。

「大切な話は以上ですね？」

「はい」

「以上なんですね？」

　念を押されて、直はこくこくとうなずく。すると香が眉をひそめた。

「……もう一回だけ言います。私も口がうまくない自覚はありますが、さすがに心が折れそうで」

　香は腰を少しかがめ、直に顔を近づける。好きな人からの急接近。とっさにあとずさりそうになった直だが、避けるのは失礼な気がして我慢した。顔が熱くなり、心音が大きくなる。

内緒話でも持ちかけるように、香が直の耳元に唇を寄せる。ドキドキどころか、直は心臓が痛い。絶対聞きのがさないよう耳をそばだてたが、香は何も言わずに顔を離した。

背筋を伸ばし、ツンとすまして香は言う。

「やめた。あなたに負ける日を楽しみにしてます」

王様と呼ばれる彼女らしい上から目線だ。そんな日は来ない、と言いたげな。

直は顔が赤いまま、「が、がんばります」と上ずった声で応える。

香にすっかり手玉に取られている。おちょくられているかもしれない。しかしこんなやり取りでさえ、しあわせだ。

好きな人との将棋漬けの日々は、あと八十年くらい続くらしい。

エピローグ

十月、文化祭の日は晴れた。澄みわたった秋らしい空。お出かけ日和だ。

そんな気持ちのいい朝だが小栗の心は晴れず、登校する足取りは重い。土砂降りになってくれれば、文化祭の来場者が減ったはず。保護者だけではなく近隣住民もやってくるからなおさら憂鬱。

小栗は制服のシャツの上に着たパーカーのフードを目深に被り、ショート丈の寝ぐせ頭を隠す。たった一人の漫研会員である彼女が用意できた部誌は十六ページのコピー本。しかも美術部員に寄稿してもらってページを埋めた。

小栗は図書室に向かう。部員の多い文芸部は閲覧用の大きな机に何種類もずらりと並べているが、一種類しかない漫研は一人用の学習机。みじめだ。しかも去年の部誌に比べると、今年の部誌は半分以下の薄さ。卒業した先輩たちに謝りたくなった。

小栗が椅子に座ると、男子生徒が近づいてきた。身長百八十センチぐらいだろうか。小栗より三十センチ以上大きい。

漫画をバカにしてきたら嫌だな。小栗が身構えていたら、たんぽぽの綿毛みたいなふわふわ頭の彼はスマホを差しだしてきた。

「俺の漫画読んでもらえませんか?」

きょとんとする小栗に彼は不安そうな顔で言った。

「四月に部室見学に行ったとき、『漫画描いてる?』って訊いてくれましたよね。描いてきました」

言われてみれば見覚えがある気がする。一年生のたしか……立花だっけ?

小栗は戸惑ったがスマホを受けとった。何気ない質問を覚えていた彼を無下にはできない。

スマホに視線を落とした小栗はぎょっと目を見開いた。この絵柄を知っている。漫研の漫画を読んで志望校を変えたというメッセージを送ってきた人だ。かわいい絵柄だから女の子だと勘違いしていた。

志望校さえ変えた人が、部室まで来たのに入会しなかったと気づくと複雑だ。気持ち悪い対応をしてしまったんだろうか? こんな先輩は嫌だと思ったんだろうか?

でもそうだとしたら、こうして漫画を見せには来ないはず。

ページを横にめくるタイプの漫画ではなく、縦スクロールの漫画だった。

舞台は将棋喫茶という、将棋を楽しめる喫茶店らしい。主人公は小学六年生の少女。将棋が好きだけど、小学二年生の少女に完敗して以来、スランプに陥っている。

もう将棋をやめようか。そう思いつめていたときに一歳下の少年と出会った。

何度負けてもめげない将棋初心者の彼と対局していると、将棋をただ楽しんでいたころを思いだした。一緒に過ごす時間が増えていくほど、どんどん彼に惹かれていった。

周囲の大人まで二人の仲をからかいだした。少年が運動靴を履いていたから「金の草鞋じゃなくて運動靴でも年上の女房が見つかるんだね」なんて主人公に言う。彼女は顔には出さないが実はうれしかった。お似合いだと思われるのがくすぐったかった。

しかし主人公が中学生になったすぐあと、少年は将棋喫茶に来なくなった。街でたまたま見かけたとき、彼は制服姿の女子高生と一緒に歩いていた。遠目でも親しげな様子は伝わってくる。

ほかに好きな人がいたんだ。そう気づいた主人公は傷つき、将棋に打ちこむことで彼を忘れようとした。

だが将棋を指すたび、彼と過ごした日々を思いだす。大会で優勝してさえ、どこか虚しさを抱えている。

「これってもしかして将棋部の東さんの話？」

顔の特徴が香そのままだ。交流がない相手だが校内の有名人なので一方的に知っている。

小栗がひそひそ声で問うと、立花がうなずく。

「そうです。少年のほうが俺の友達です。そいつが交際対局に何度も負けつづけるので、東先輩に『その気がないなら振ってやってください』と頼んだら、この話を打ちあけてくれたんすよ。『恩人だと思ってるから、私に勝ちたい願いを叶えてあげたい。わざと負けるなんて失礼なことはしたくない』って」

「仲がいい女子高生は少年のお姉さんとかいうオチでは?」

「ありえる。友達には四歳上のお姉さんがいるらしくて。しかも東先輩の気持ちを友達は気づいてないみたいなんすよ。俺は口ではうまく説明できないから漫画にしたら、……多少脚色は入っているけど、友達に見せたほうがいいと思います?」

「どうだろう?」

首をかしげながら小栗は違うことを考えている。

立花が部室見学に来たとき、絵を見せてもらえばよかった。もっと早く正体を知りたかった。

立花は小栗が求める画力を持っている。キャラクターのかきわけがとくにうまい。小栗もそうだが、よくいるのが描きなれたキャラクターだけがうまいタイプ。だが立花は老若男女の特徴をとらえているため、大人ばかりの将棋喫茶のなかで、子ども二人が持つ仲間意識が視覚的にわかりやすい。

駒などの小道具や背景も丁寧に描きこまれ、店内に飾られた花で季節感を演出している。

一番すごいのは感情表現だ。スランプ中の主人公が少年との出会いで顔が華やいでいく。シーンに合わせ、モノクロだった漫画もカラーになった。主人公の丸まった背中は伸び、将棋の駒を指す指先まで自信があふれる。だからこそ、少年と女子高生の後ろ姿を見て立ちつくす主人公が悲しい。

本当にあった話らしいからこんなことを言うのもあれだが、報われなかった初恋やすれ違いなんて何百回も見た展開だ。それなのに感情移入してしまうのは、立花の演出力によるものだ。

この画力があれば、小栗の描きたい漫画が完成する。原作を自分が担当して作画を任せたい。漫研に勧誘したい。そのためには……。

「友達にはこの漫画、見せなくていいと思う。他人が口出ししてへんにこじれてもね」

小栗は本心を隠して、もっともらしい口ぶりで言う。

この漫画はおもしろいけれど、それは主人公のモデルを小栗が知っているからだ。いわば内輪向けの漫画。もっと多くの人に届くおもしろい漫画を立花は描けるはず。

立花は胸を撫でおろした。

「そう言ってもらえるとほっとしました。東先輩が俺に過去のことを教えたってことは、俺からさりげなく友達に伝えてほしいのかなと思ってて」

「そんな大事なことは自分から伝えたいに決まってる」

小栗はきっぱり言いきる。

香にも立花の友達にも悪いが、両想いだろうから自力でがんばってほしい。立花は友達の恋愛トラブルよりも漫画に時間を割くべき人間なのだ。

今度は逃がさない。絶対勧誘してみせる。

決意を込めて小栗は唇を開いた。

〈参考文献〉

『将棋の歴史』（２０１３）増川宏一（平凡社）

『天才少年棋士を育てた杉本師匠！　将棋の「しょ」の字も知らない私を、将棋ができるようにしてください!!』（２０２１）杉本昌隆（ソレイユ出版）

〈参考〉

公益社団法人日本将棋連盟（https://www.shogi.or.jp/）
（参照２０２４年1月30日）

公益社団法人日本女子プロ将棋協会（https://joshi-shogi.com/）
（参照２０２４年1月30日）

文部科学省「9．大学入学者数等の推移」
（https://www.mext.go.jp/content/20201126-mxt_daigakuc02-000011142_9.pdf）
（参照２０２４年1月30日）

※この作品はフィクションです。実在の人物・団体・事件などにはいっさい関係ありません。

集英社オレンジ文庫をお買い上げいただき、ありがとうございます。
ご意見・ご感想をお待ちしております。

●あて先
〒101-8050　東京都千代田区一ツ橋2-5-10
集英社オレンジ文庫編集部 気付
杉元晶子先生

香さんは勝ちたくない

京都鴨川東高校将棋部の噂

集英社
オレンジ文庫

2024年7月23日　第1刷発行

著　者　杉元晶子
発行者　今井孝昭
発行所　株式会社集英社
〒101-8050東京都千代田区一ツ橋2-5-10
電話【編集部】03-3230-6352
【読者係】03-3230-6080
【販売部】03-3230-6393（書店専用）
印刷所　TOPPANクロレ株式会社

造本には十分注意しておりますが、印刷・製本など製造上の不備がありましたら、お手数ですが小社「読者係」までご連絡ください。古書店、フリマアプリ、オークションサイト等で入手されたものは対応いたしかねますのでご了承ください。なお、本書の一部あるいは全部を無断で複写・複製することは、法律で認められた場合を除き、著作権の侵害となります。また、業者など、読者本人以外による本書のデジタル化は、いかなる場合でも一切認められませんのでご注意ください。

©AKIKO SUGIMOTO 2024　Printed in Japan
ISBN 978-4-08-680570-4 C0193

杉元晶子

京都左京区がらくた日和

謎眠る古道具屋の凸凹探偵譚

女子高生・雛子の家の近所に怪しい
古道具屋が開業した。価値のなさそうな
物を扱う店主・郷さんと話すうち、
ミステリ好きの血が騒いだ雛子は
古びた名なしの日記を買ってしまい…。

好評発売中
【電子書籍版も配信中　詳しくはこちら→http://ebooks.shueisha.co.jp/orange/】

集英社オレンジ文庫

杉元晶子

週末は隠れ家でケーキを

—女子禁制の洋菓子店—

週末だけ営業する会員制の洋菓子店。
そこは、女性不信の店主が甘党男子の
ために開いた女子禁制の店だった。
女子高生の百は、ひょんなことから
そこでバイトすることになり…？

好評発売中

【電子書籍版も配信中　詳しくはこちら→http://ebooks.shueisha.co.jp/orange/】

集英社オレンジ文庫

杉元晶子

歩(あゆみ)のおそはや

ふたりぼっちの将棋同好会

プロ棋士の夢に挫折した歩は
高校に入学してすぐに、二年生の涼が
立ち上げた将棋同好会に勧誘された。
最初は拒んでいたが涼の熱意にほだされ、
もう一度将棋と向き合う決意をする…。

好評発売中

【電子書籍版も配信中　詳しくはこちら→http://ebooks.shueisha.co.jp/orange/】

赤川次郎

吸血鬼に猫パンチ！

吸血鬼映画のプレミアに
招待されたエリカとクロロック。
試写会後のパーティで倒れた主演女優の
首筋に謎の噛み跡があって――？

―――〈吸血鬼はお年ごろ〉シリーズ既刊・好評発売中―――
【電子書籍版も配信中　詳しくはこちら→http://ebooks.shueisha.co.jp/orange/】
①天使と歌う吸血鬼 ②吸血鬼は初恋の味
③吸血鬼の誕生祝 ④吸血鬼と伝説の名舞台
⑤吸血鬼に鐘は鳴る ⑥吸血鬼と呪いの森
⑦合唱組曲・吸血鬼のうた ⑧吸血鬼と猛獣使い
⑨白鳥城の吸血鬼

奥乃桜子

それってパクリじゃないですか？ 4
～新米知的財産部員のお仕事～

情報漏洩の疑いをかけられた亜季は、
北脇の協力で信頼を取り戻した。
ついに特許侵害の疑いに対峙するが、
相手もなかなか手ごわくて…？

―〈それってパクリじゃないですか？〉シリーズ既刊・好評発売中―
【電子書籍版も配信中　詳しくはこちら→http://ebooks.shueisha.co.jp/orange/】

それってパクリじゃないですか？ 1～3
～新米知的財産部員のお仕事～

集英社オレンジ文庫

相川 真

京都伏見は水神さまのいたはるところ

ずっと一緒

ひろと拓己がついに結婚することに!
大好きな人と人ならざるものたちに囲まれ
最高のハッピーエンドへ——!

—〈京都伏見は水神さまのいたはるところ〉シリーズ既刊・好評発売中—
【電子書籍版も配信中　詳しくはこちら→http://ebooks.shueisha.co.jp/orange/】
①京都伏見は水神さまのいたはるところ ②花ふる山と月待ちの君
③雨月の猫と夜明けの花蓮 ④ゆれる想いに桃源郷の月は満ちて
⑤花舞う離宮と風薫る青葉 ⑥綺羅星の恋心と旅立ちの春
⑦ふたりの新しい季節 ⑧藤咲く京に緋色のたそかれ
⑨ふたりの春と翡翠の空

集英社オレンジ文庫

高山ちあき

おひれさま
〜人魚の島の瑠璃の婚礼〜

同級生の葬儀のために故郷の島に
帰省した美大生の柚希。

島民たちは人魚の地主神を信仰し、

「特別に選ばれた男女が結婚する」

という因習を代々守っていて…？

櫻井千姫

訳あってあやかし風水師の助手になりました

妖怪退治もできるイケメン風水師と
時給300円の「視える」JK助手が
依頼者の不調をスッキリ解決!?
令和あやかし退魔譚!

集英社オレンジ文庫

五十嵐美怜

君と、あの星空をもう一度

高2の紘乃は、幼馴染の彗に再会する。
「10年後のスピカ食も一緒に観よう」と
彗とは約束した思い出があった。
その日はもうすぐ。けれど、彗は
「もう星は観ない」と言っていて——!?
切なくも胸がキュンとする、恋物語。

集英社オレンジ文庫

いぬじゅん

夏にいなくなる私と、17歳の君

難病を抱えている17歳の詩音の前に、
転校生の諒があらわれる。初対面のはずなのに、
なぜか「やっと会えたね」と言われて…!?
諒に惹かれる詩音だが、
運命の日は近づいていて——
春に出会い、夏に恋した2人の物語。

好評発売中

【電子書籍版も配信中　詳しくはこちら→http://ebooks.shueisha.co.jp/orange/】

櫻いいよ

あの夏の日が、消えたとしても

千鶴は花火をした日、律に告白される。
けれど、律は、とある2週間の記憶を
失っていて!?　一方、華美は海が見える
ビルの屋上で、同級生の月村と出会う。
一年後の花火の約束をするが——。
運命の日をめぐる、恋&青春物語!

好評発売中
【電子書籍版も配信中　詳しくはこちら→http://ebooks.shueisha.co.jp/orange/】